莎士比亚全集·中文本（典藏版）
William Shakespeare: Complete Works

［英］威廉·莎士比亚（William Shakespeare）著
辜正坤 主编／张顺赴 译

亨利五世

The Life of Henry the Fifth

外语教学与研究出版社
北京

京权图字：01-2016-5023

图书在版编目（CIP）数据

亨利五世／（英）威廉·莎士比亚（William Shakespeare）著；张顺赴译.
北京：外语教学与研究出版社，2024.6. ——（莎士比亚全集／辜正坤主编）.
ISBN 978-7-5213-5340-2

Ⅰ. Ⅰ561.33

中国国家版本馆 CIP 数据核字第 2024RP9770 号

亨利五世
HENGLI WU SHI

出版人　王　芳
项目负责　邢印姝　郭芮萱
责任编辑　宋锦霞
责任校对　都楠楠
封面设计　张　潇
出版发行　外语教学与研究出版社
社　　址　北京市西三环北路 19 号（100089）
网　　址　https://www.fltrp.com
印　　刷　三河市紫恒印装有限公司
开　　本　710×1000　1/16
印　　张　11
字　　数　176 千字
版　　次　2024 年 6 月第 1 版
印　　次　2024 年 6 月第 1 次印刷
书　　号　ISBN 978-7-5213-5340-2
定　　价　68.00 元

如有图书采购需求，图书内容或印刷装订等问题，侵权、盗版书籍等线索，请拨打以下电话或关注官方服务号：
客服电话：400 898 7008
官方服务号：微信搜索并关注公众号"外研社官方服务号"
外研社购书网址：https://fltrp.tmall.com

物料号：353400001

出版说明

　　1623 年，莎士比亚的演员同僚们倾注心血结集出版了历史上第一部《莎士比亚全集》——著名的第一对开本，这是三百多年来许多导演和演员最为钟爱的莎士比亚文本。2007 年，由英国皇家莎士比亚剧团（Royal Shakespeare Company）推出的《莎士比亚全集》，则是对第一对开本首次全面的修订。

　　本套《莎士比亚全集》新汉译本，正是依据当今莎学界最负声望的皇家版《莎士比亚全集》翻译而成。译本的凡例说明如下：

　　一、**文体**：剧文有诗体和散体之分。未及最右行末即转行的为诗体。文字连排、直至最右行末转行的，则为散体。

　　二、**舞台提示**：

　　1）角色的上场与下场及其他舞台提示以仿宋体排出，穿插于剧文中的舞台提示以圆括号进行标注，如：(对亨利王子)。

　　2）舞台提示中的特殊符号。译本所依据的皇家版《莎士比亚全集》的编辑者对舞台提示中的不确定情形以特殊符号予以标注，译本亦保留了这些符号：如（旁白？）表示某行剧文既可作为旁白，亦可当作对话；又如某个舞台活动置于箭头 ↓↓ 之间，表示它可发生在一场戏中的多个不同时刻。

　　三、**脚注**：脚注中除标注有"译者附注"字样的，均译自或改编自皇家版《莎士比亚全集》注释。脚注多为对剧文中背景知识及专名的解释，以使读者更好地理解剧情；亦包含部分与英文原文相关的脚注，以使读者在品味译者的佳文时，亦体验到英文原文的精妙。

四、文本：译本以第一对开本为蓝本，部分剧目中四开本与之明显相异的段落亦有译出，附于正文之后，供读者参考。

此《莎士比亚全集》新汉译本历经策划、翻译、编辑加工和印装等工序，各个环节的参与者均竭尽全力，力求完美，但由于水平、精力所限，难免有所错漏，敬请广大读者赐教指正。

外语教学与研究出版社

综合出版事业部

莎士比亚诗体重译集序

辜正坤

他非一代骚人，实属万古千秋。

这是英国大作家本·琼森（Ben Jonson）在第一部《莎士比亚全集》（*Mr. William Shakespeares Comedies, Histories, & Tragedies*, 1623）扉页上题诗中的诗行。三百多年来，莎士比亚在全球逐步成为一个家喻户晓的名字，似乎与这句预言在在呼应。但这并非偶然言中，有许多因素可以解释莎士比亚这一巨大的文化现象产生的必然性。最关键的，至少有下面几点。

首先，其作品内容具有惊人的多样性。世界上很难有第二个作家像莎士比亚这样能够驾驭如此广阔的题材。他的作品内容几乎无所不包，称得上英国社会的百科全书。帝王将相、走卒凡夫、才子佳人、恶棍屠夫……一切社会阶层都展现于他的笔底。从海上到陆地，从宫廷到民间，从国际到国内，从灵界到凡尘……笔锋所指，无处不至。悲剧、喜剧、历史剧、传奇剧，叙事诗、抒情诗……都成为他显示天才的文学样式。从哲理的韵味到浪漫的爱情，从盘根错节的叙述到一唱三叹的诗思，波涛汹涌的情怀，妙夺天工的笔触，凡开卷展读者，无不为之拊掌称绝。即使只从莎士比亚使用过的海量英语词汇来看，也令人产生仰之弥高的感觉。德国语言学家马克斯·缪勒（Max Müller）原以为莎士比亚使用过的词汇最多为 15,000 个，事后证明这当然是小看了语言大师的词汇储藏量。美国教授爱德华·霍尔登（Edward Holden）经过一番考察后，认为至少达 24,000 个。可是他哪里知道，这依然是一种低估。有学者甚至声称用电脑检索出莎士比亚用的词汇多达 43,566 个！当然，这些数据还不是莎士比亚作品之所以产生空前影响的关键因素。

　　其次，但也许是更重要的原因：他的作品具有极高的娱乐性。文学作品的生命力在于它能寓教于乐。莎士比亚的作品不是枯燥的说教，而是能够给予读者或观众极大艺术享受的娱乐性创造物，往往具有明显的煽情效果，有意刺激人的欲望。这种艺术取向当然不是纯粹为了娱乐而娱乐，掩藏在背后的是当时西方人强有力的人本主义精神，即用以人为本的价值观来对抗欧洲上千年来以神为本的宗教价值观。重欲望、重娱乐的人本主义倾向明显对重神灵、重禁欲的神本主义产生了极大的挑战。当然，莎士比亚的人本主义与中国古人所主张的人本主义有很大的区别。要而言之，前者在相当大的程度上肯定了人的本能欲望或原始欲望的正当性，而后者则主要强调以人的仁爱为本规范人类社会秩序的高尚的道德要求。二者都具有娱乐效果，但前者具有纵欲性或开放性娱乐效果，后者则具有节欲性或适度自律性娱乐效果。换句话说，对于 16、17 世纪的西方人来说，莎士比亚的作品暗中契合了试图挣脱过分禁欲的宗教教义的约束而走向个性解放的千百万西方人的娱乐追求，因此，它会取得巨大成功是势所必然的。

　　第三，时势造英雄。人类其实从来不缺善于煽情的作手或视野宏阔的巨匠，缺的常常是时势和机遇。莎士比亚的时代恰恰是英国文艺复兴思潮达到鼎盛的时代。禁欲千年之久的欧洲社会如堤坝围裹的宏湖，表面上浪静风平，其底层却汹涌着决堤的纵欲性暗流。一旦湖堤洞开，飞涛大浪呼卷而下，浩浩汤汤，汇作长河，而莎士比亚恰好是河面上乘势而起的弄潮儿，其迎合西方人情趣的精湛表演，遂赢得两岸雷鸣般的喝彩声。时势不光涵盖社会发展的总趋势，也牵连着别的因素。比如说，文学或文化理论界、政治意识形态对莎士比亚作品理解、阐释的多样性与莎士比亚作品本身内容的多样性产生相辅相成的效果。"说不尽的莎士比亚"成了西方学术界的口头禅。西方的每一种意识形态理论，尤其是文学理论，要想获得有效性，都势必会将阐释莎士比亚的作品作为试金石。17世纪初的人文主义，18世纪的启蒙主义，19世纪的浪漫主义，20世纪的现实主义或批判现实主义，都不同程度地、选择性地把莎士比亚作品作为阐释其理论特点的例证。也许17世纪的古典主义曾经阻遏过西方人对莎士比亚作品的过度热情，但是19世纪的浪漫主义流派却把莎士比亚作品推崇到无以复加的崇高地位，莎士比亚俨然成了西方文学的神灵。20世纪以来，西方资本主义阵营和社会主义阵营可以说在意识形态的各个方面都互相对立，势同水火，可是在对待莎士比亚的问题上，居然有着惊人的共识与默契。不用说，社会主义阵营的立场与社会主义理论的创始人马克思（Karl Marx）、恩格斯（Friedrich Engels）个人的审美情趣息息相关。马克思一家都是莎士比亚的粉丝；马克思称莎士比亚为"人类最伟大的天才之一，人类文学奥林波斯山上的宙斯"！他号召作家们要更加莎士比亚化。恩格斯甚至指出："单是《快乐的温莎巧妇》[1]的第一幕就比全部德国文学包含着更多的生活气息。"不用说，这些话多多少少有某种程度的文学性夸张，但对莎士比亚的崇高地位来说，却无疑产生了极大的推动作用。

第四，1623年版《莎士比亚全集》奠定莎士比亚崇拜传统。这个版本即眼前译本所依据的皇家版《莎士比亚全集》（*The RSC William Shakespeare: Complete Works*, 2007）的主要内容。该版本产生于莎士比亚去世的第七年。莎士比亚的舞台同仁赫明奇（John Heminge）和康德尔（Henry Condell）整理出版了第一部莎士比亚戏剧集。当时的大学者、大

1　英文剧名为 The Merry Wives of Windsor，朱生豪先生译作《温莎的风流娘儿们》；重译本综合考虑剧情和英文书名，译作《快乐的温莎巧妇》。

作家本·琼森为之题诗,诗中写道:"他非一代骚人,实属万古千秋。"这个调子奠定了莎士比亚偶像崇拜的传统。而这个传统一旦形成,后人就难以反抗。英国文学中的莎士比亚偶像崇拜传统已经形成了一种自我完善、自我调整、自我更新的机制。至少近两百年来,莎士比亚的文学成就已被宣传成世界文学的顶峰。

第五,现在署名"莎士比亚"的作品很可能不只是莎士比亚一个人的成果,而是凝聚了当时英国若干戏剧创作精英的团体努力。众多大作家的智慧浓缩在以"莎士比亚"为代号的作品集中,其成就的伟大性自然就获得了解释。当然,这最后一点只是莎士比亚研究界若干学者的研究性推测,远非定论。有的莎士比亚著作爱好者害怕一旦证明莎士比亚不是署名为"莎士比亚"的著作的作者,莎士比亚的著作便失去了价值,这完全是杞人忧天。道理很简单,人们即使证明了《红楼梦》的作者不是曹雪芹,或《三国演义》的作者不是罗贯中,也丝毫不影响这些作品的伟大价值。同理,人们即使证明了《莎士比亚全集》不是莎士比亚一个人创作的,也丝毫不会影响《莎士比亚全集》是世界文学中的伟大作品这个事实,反倒会更有力地证明这个事实,因为集体的智慧远胜于个人。

皇家版《莎士比亚全集》译本翻译总思路

横亘于前的这套新译本,是依据当今莎学界最负声望的皇家版《莎士比亚全集》进行翻译的,而皇家版又正是以本·琼森题过诗的1623年版《莎士比亚全集》为主要依据。

这套译本是在考察了中国现有的各种译本后,根据新的历史条件和新的翻译目的打造出来的。其总的翻译思路是本套译本主编会同外语教学与研究出版社的相关领导和责任编辑讨论的结果。总起来说,皇家版《莎士比亚全集》译本在翻译思路上主要遵循了以下几条：

1. 版本依据。如上所述，本版汉译本译文以英国皇家版《莎士比亚全集》为基本依据。但在翻译过程中，译者亦酌情参阅了其他版本，以增进对原作的理解。

2. 翻译内容包括：内页所含全部文字。例如作品介绍与评论、正文、注释等。

3. 注释处理问题。对于注释的处理：1）翻译时，如果正文译文已经将英文版某注释的基本含义较准确地表达出来了，则该注释即可取消；2）如果正文译文只是部分地将英文版对应注释的基本含义表达出来，则该注释可以视情况部分或全部保留；3）如果注释本身存疑，可以在保留原注的情况下，加入译者的新注。但是所加内容务必有理有据。

4. 翻译风格问题。对于风格的处理：1）在整体风格上，译文应该尽量逼肖原作整体风格，包括以诗体译诗体，以散体译散体；2）在具体的文字传输处理上，通常应该注重汉译本身的文字魅力，增强汉译本的可读性。不宜太白话，不宜太文言；文白用语，宜尽量自然得体。句子不要太绕，注意汉语自身表达的句法结构，尤其是其逻辑表达方式。意义的异化性不等于文字形式本身的异化性，因此要注意用汉语的归化性来传输、保留原作含义的异化性。朱生豪先生的译本语言流畅、可读性强，但可惜不是诗体，有违原作形式。当下译本是要在承传朱先生译本优点的基础上，根据新时代的读者审美趣味，取得新的进展。梁实秋先生等的译本，在达意的准确性上，比朱译有所进步，也是我们应该吸纳的优点。但是梁译文采不足，则须注意避其短。方平先生等的译本，也把莎士比亚翻译往前推进了一步，在进行大规模诗体翻译方面作出了宝贵的尝试，但是离真正的诗体尚有距离。此外，前此的所有译本对于莎士比亚原作的色情类用语都有程度不同的忽略，本套皇家版译本则尽力在此方面还原莎士比亚的本真状态（论述见后文）。其他还有一些译本，亦都应该受到我们的关注，处理原则类推。每种译本都有自己独特的东西。我们希望美的译文是这套译本的突出特点。

5. 借鉴他种汉译本问题。凡是我们曾经参考过的较好的译本，都在适当的地方加以注明，承认前辈译者的功绩。借鉴利用是完全必要的，但是要正大光明，避免暗中抄袭。

6. 具体翻译策略问题特别关键，下文将其单列进行陈述。

莎士比亚作品翻译领域大转折：真正的诗体译本

莎士比亚首先是一个诗人。莎士比亚的作品基本上都以诗体写成。因此，要想尽可能还原本真的莎士比亚，就必须将莎士比亚作品翻译成为诗体而不是散文，这在莎学界已经成为共识。但是紧接而来的问题是：什么叫诗体？或需要什么样的诗体？

按照我们的想法：1）所谓诗体，首先是措辞上的诗味必须尽可能浓郁；2）节奏上的诗味（包括分行）等要予以高度重视；3）结合中国人的审美习惯，剧文可以押韵，也可以不押韵。但不押韵的剧文首先要满足前两个要求。

本全集翻译原计划由笔者一个人来完成。但是，莎士比亚的创作具有惊人的多样性，其作品来源也明显具有莎士比亚时代若干其他作家与作品的痕迹，因此，完全由某一个译者翻译成一种风格，也许难免偏颇，难以和莎士比亚风格的多样性相呼应。所以，集众人的力量来完成大业，应该更加合理，更加具有可操作性。

具体说来，新时代提出了什么要求？简而言之，就是用真正的诗体翻译莎士比亚的诗体剧文。这个任务，是朱生豪先生无法完成的。朱先生说过，他在翻译莎士比亚作品时，"当然预备全部用散文译出，否则将要了我的命"。[1] 显然，朱先生也考虑过用诗体来翻译莎士比亚著作的问题，但是他的结论是：第一，靠单独一个人用诗体翻译《莎士比亚全集》是办不到的，会因此累死；第二，他用散文翻译也是不得已的办法，因为只有这样他才有可能在有生之年完成《莎士比亚全集》的翻译工作。

将《莎士比亚全集》翻译成诗体比翻译成散文体要难得多。难到什么程度呢？和朱生豪先生的翻译进度比较一下就知道了。朱先生翻译得最快的时候，一天可以翻译一万字。[2] 为什么会这么快？朱先生才华过人，这当然是一个因素，但关键因素是：他是用散文翻译的。用真正的诗体就不一样了。以笔者自己的体验，今日照样用散文翻译莎士比亚剧本，最快时也可达到每日一万字。这是因为今日的译者有比以前更完备的注释本和众多的前辈汉译本作参考，至少在理解原著时，要比朱先生当年省力得多，所以翻译速度上最高达到一万字是不难的。但是翻译成诗体就是另外一回事了。这比自己写诗还要难得多。写诗是自己随意发挥，译诗则必须按照别人的意思发挥，等于是戴着镣铐跳舞。笔者自己写诗，诗兴浓时，一天数百行都可以写得出来，但是翻译诗，一天只能是几十行，统计成字数，往往还不到一千字，最多只是朱生豪先生散文翻译速度的十分之一。梁实秋先生翻译《莎士比亚全集》用的也是散文，但是也花了37年，如果要翻译成真正的诗体，那么至少得370年！由此可见，真正的诗体《莎士比亚全集》汉译本的诞生，有多么艰难。此次笔者约稿的各位译者，都是用诗体翻译，并且都表示花费了大量的时间，

---

1 见朱生豪大约在1936年夏致宋清如信："今天下午，我试译了两页莎士比亚，还算顺利，不过恐怕终于不过是 Poor Stuff 而已。当然预备全部用散文译出，否则将要了我的命。"（《伉俪：朱生豪宋清如诗文选》下卷，中国青年出版社，2013年，第94页）

2 朱生豪："今天因为提起了精神，却很兴奋，晚上译了六千字，今天一共译一万字。"（同上，第101页）

皇家版《莎士比亚全集》译本凝聚了诸位译者的多少努力，也就不言而喻了。

翻译诗体分辨：不是分了行就是真正的诗

主张将莎士比亚剧作翻译成诗体成了共识，但是什么才是诗体，却缺乏共识。在白话诗盛行的时代，许多人只是简单地认定分了行的文字就是诗这个概念。分行只是一个初级的现代诗要求，甚至不必是必然要求，因为有些称为诗的文字甚至连分行形式都没有。不过，在莎士比亚作品的翻译上，要让译文具有诗体的特征，首先是必定要分行的，因为莎士比亚原作本身就有严格的分行形式。这个不用多说。但是译文按莎士比亚的方式分了行，只是达到了一个初级的低标准。莎士比亚的剧文读起来像不像诗，还大有讲究。

卞之琳先生对此是颇有体会的。他的译本是分行式诗体，但是他自己也并不认为他译出的莎士比亚剧本就是真正的诗体译本。他说：读者阅读他的译本时，"如果……不感到是诗体，不妨就当散文读，就用散文标准来衡量"。[1] 这是一个诚实的译者说出的诚实话。不过，卞先生很谦虚，他有许多剧文其实读起来还是称得上诗体的。原因是什么？原因是他注意到了笔者上文提到的两点：第一，诗的措辞；第二，诗的节奏。只不过他迫于某些客观原因，并没有自始至终侧重这方面的追求而已。

显然，一些译本翻译了莎士比亚的剧文，在行数上靠近莎士比亚原作，措辞也还流畅。这些是不是就是理想的诗体莎士比亚译本呢？笔者认为，这还不够。什么是诗，对于中国人来说有几千年的历史，我们不

1　卞之琳：《莎士比亚悲剧四种》，方志出版社，2007 年，第 4 页。

能脱离这个悠久的传统来讨论这个问题。为此，我们不得不重新提到一些基本概念：什么是诗？什么是诗歌翻译？

诗歌是语言艺术，诗歌翻译也就必须是语言艺术

讨论诗歌翻译必须从讨论诗歌开始。

诗主情。诗言志。诚然。但诗歌首先应该是一种精妙的语言艺术。同理，诗歌的翻译也就不得不首先表现为同类精妙的语言艺术。若译者的语言平庸而无光彩，与原作的语言艺术程度差距太远，那就最多只是原诗含义的注释性文字，算不得真正的诗歌翻译。

那么，何谓诗歌的语言艺术？

无他，修辞造句、音韵格律一整套规矩而已。无规矩不成方圆，无限制难成大师。奥运会上所有的技能比赛，无不按照特定的规矩来显示参赛者高妙的技能。德国诗人歌德（Johann Wolfgang von Goethe）《自然和艺术》（"Natur und Kunst"）一诗最末两行亦彰扬此理：

非限制难见作手，

唯规矩予人自由。[1]

艺术家的"自由"，得心应手之谓也。诗歌既为语言艺术，自然就有一整套相应的语言艺术规则。诗人应用这套规则时，一旦达到得心应手的程度，那就是达到了真正成熟的境界。当然，规矩并非一点都不可打破，但只有能够将规矩使用到随心所欲而不逾矩的程度的人，才真正有资格去创立新规矩，丰富旧规矩。创新是在承传旧规则长处的基础上来进行的，而不是完全推翻旧规则，肆意妄为。事实证明，在语言艺术上

1　In der Beschränkung zeigt sich erst der Meister, / Und das Gesetz nur kann uns Freiheit geben. 参见 http://www.business-it.nl/files/7d413a5dca62fc735a072b16fbf050b1-27.php.

凡无视积淀千年的诗歌语言规则，随心所欲地巧立名目、乱行胡来者，永不可能在诗歌语言艺术上取得大的成就，所以歌德认为：

若徒有放任习性，

则永难至境遨游。[1]

诗歌语言艺术如此需要规则，如此不可放任不羁，诗歌的翻译自然也同样需要相类似的要求。这个要求就是笔者前面提出的主张：若原诗是精妙的语言艺术，则理论上说来，译诗也应是同类精妙的语言艺术。

但是，"同类"绝非"同样"。因为，由于原作和译作使用的语言载体不一样，其各自产生的语言艺术规则和效果也就各有各的特点，大多不可同样复制、照搬。所以译作的最高目标，是尽可能在译入语的语言艺术领域达到程度大致相近的语言艺术效果。这种大致相近的艺术效果程度可叫作"最佳近似度"。它实际上也就是一种翻译标准，只不过针对不同的文类，最佳近似度究竟在哪些因素方面可最佳程度地（并不一定是最大程度地）取得近似效果，不是一成不变的，而是具有高度的灵活性。不同的文类，甚至针对不同的受众，我们都可以设定不同的最佳近似度。这点在拙著《中西诗比较鉴赏与翻译理论》（清华大学出版社，2010 年）的相关章节中有详细的厘定，此不赘。

话与诗的关系：话不是诗

古人的口语本来就是白话，与现在的人说的口语是白话一个道理。

1　Vergebens werden ungebundene Geister / Nach der Vollendung reiner Höhe streben. 参 见 http://www.cosmiq.de/qa/show/3454062/Vergebens-werden-ungebundne-Geister-Nach-der-Vollendung-reiner-Hoehe-streben-Was-ist-die-Bedeutung-dieser-2-Verse-Ich-komm-nicht-drauf/t.

正因为白话太俗，不够文雅，古人慢慢将白话进行改进，使它更加规范、更加准确，并且用语更加丰富多彩，于是文言产生。在文言的基础上，还有更文的文字现象，那就是诗歌，于是诗歌产生。所以就诗歌而言，文言味实际上就是一种特殊的诗味。文言有浅近的文言，也有佶屈聱牙的文言。中国传统诗歌绝大多数是浅近的文言，但绝非口语、白话。诗中有话的因素，自不待言，但话的因素往往正是诗试图抑制的成分。

文言和诗歌的产生是低俗的口语进化到高雅、准确层次的标志。文言和诗歌的进一步发展使得语言的艺术性愈益增强。最终，文言和诗歌完成了艺术性语言的结晶化定型。这标志着古代文学和文学语言的伟大进步。《诗经》、楚辞、唐诗、宋词、元明戏曲，以及从先秦、汉、唐、宋、元至明清的散文等，都是中国语言艺术逐步登峰造极的明证。

人们往往忘记：话不是诗，诗是话的升华。话据说至少有**几十万年**的历史，而诗却只有**几千年**的历史。白话通过漫长的岁月才升华成了诗。因此，从理论上说，白话诗不是最好的诗，而只是低层次的、初级的诗。当一行文字写得不像是话时，它也许更像诗。"太阳落下山去了"是话，硬说它是诗，也只是平庸的诗，人人可为。而同样含义的"白日依山尽"不像是话，却是真正的诗，非一般人可为，只有诗人才写得出。它的语言表达方式与一般人的通用白话脱离开来了，实现了与通用语的偏离（deviation from the norm）。这里的通用语指人们天天使用的白话。试想把唐诗宋词译成白话，还有多少诗味剩下来？

谢谢古代先辈们一代又一代、不屈不挠的努力，话终于进化成了诗。

但是，20 世纪初一些激进的中国学者鼓荡起一场声势浩大的白话文运动。

客观说来，用白话文来书写、阅读自然科学和人文科学文献，例如哲学、政治学、伦理学、经济学等等文献，这都是**伟大的进步**。这个进步甚至可以上溯到八百多年前朱熹等大学者用白话体文章传输理学思想。对此笔者非常拥护，非常赞成。

但是约一百年前的白话诗运动却未免走向了极端，事实上是一种语言艺术方面的倒退行为。已经高度进化的诗词曲形式被强行要求返祖回归到三千多年前的类似白话的状态，已经高度语言艺术化了的诗被强行要求退化成话。艺术性相对较低的白话反倒成了正统，艺术性较高的诗反倒成了异端。其实，容许口语类白话诗和文言类诗并存，这才是正确的选择。但一些激进学者故意拔高白话地位，在诗歌创作领域搞成白话至上主义，这就走上了极端主义道路。

这个运动影响到诗歌翻译的结果是什么呢？结果是西方所有的大诗人，不论是古代的还是近代的，如荷马（Homer）、但丁（Dante）、莎士比亚、歌德、雨果（Victor Hugo）、普希金（Alexander Pushkin）……都莫名其妙地似乎用同一支笔写出了 20 世纪初才出现的味道几乎相同的白话文汉诗！

将产生这种极端性结果的原因再回推，我们会清楚地明白，当年的某些学者把文学艺术简单雷同于人文社会科学，误解了文学艺术，尤其是诗歌艺术的特殊性质，误以为诗就是话，混淆了诗与话的形式因素。

针对莎士比亚戏剧诗的翻译对策

由上可知，莎士比亚的剧文既然大多是格律诗，无论有韵无韵，它们都是诗，都有格律性。因此在汉译中，我们就有必要显示出它具有格律性，而这种格律性就是诗性。

问题在于，格律性是附着在语言形式上的；语言改变了，附着其上的格律性也就大多会消失。换句话说，格律大多不可复制或模仿，这就正如用钢琴弹不出二胡的效果，用古筝奏不出黑管的效果一样。但是，原作的内在旋律是可以模仿的，只是音色变了。原作的诗性是可以换个形式营造的，这就是利用汉语本身的语言特点营造出大略类似的语言艺术审美效果。

由于换了另外一种语言媒介，原作的语音美设计大多已经不能照搬、复制，甚至模拟了，那么我们就只好断然舍弃掉原作的许多语音美设计，而代之以译入语自身的语言艺术结构产生的语音美艺术设计。当然，原作的某些语音美设计还是可以尝试模拟保留的，但在通常的情况下，大多数的语音美已经不可能传输或复制了。

利用汉语本身的语音审美特点来营造莎士比亚诗歌的汉译语音审美效果，是莎士比亚作品翻译的一个有效途径。机械照搬原作的语音审美模式多半会失败，并且在大多数的场合下也没有必要。

具体说来，这就涉及翻译莎士比亚戏剧作品时该如何处理：1）节奏；2）韵律；3）措辞。笔者主张，在这三个方面，我们都可以适当借鉴利用中国古代词曲体的某些因素。戏剧剧文中的诗行一般都不宜多用单调的律诗和绝句体式。元明戏剧为什么没有采用前此盛行的五言或七言诗行而采用了长短错杂、众体皆备的词曲体？这是一种艺术形式发展的必然。元明曲体由于要更好更灵活地满足抒情、叙事、论理等诸多需要，故借用发展了词的形式，但不是纯粹的词，而是融入了民间语汇。词这种形式涵盖了一言、二言、三言、四言、五言、六言、七言、八言……乃至十多言的长短句式，因此利于表达变化莫测的情、事、理。从这个意义上看，莎士比亚剧文语言单位的参差不齐状态与中文词曲体句式的参差不齐状态正好有某种相互呼应的效果。

也许有人说，莎士比亚的剧文虽然是格律诗，但并不怎么押韵，因此汉诗翻译也就不必押韵。这个说法也有一定道理，但是道理并不充实。

首先，我们应该明白，既然莎士比亚的剧文是诗体，人们读到现今的散体译文或不押韵的分行译文却难以感受到其应有的诗歌风味，原因即在于其音乐性太弱。如果人们能够照搬莎士比亚素体诗所惯常用的音步效果及由此引起的措辞特点，当然更好。但事实上，原作的节奏效果是印欧语系语言本身的效果，换了一种语言，其效果就大多不能搬用了，所以我们只好利用汉语本身的优势来创造新的音乐美。这种音乐美很难说是原作的音乐美，但是它毕竟能够满足一点：即诗体剧文应该具有诗歌应有的音乐美这个起码要求。而汉译的押韵可以强化这种音乐美。

其次，莎士比亚的剧文不押韵是由诸多因素造成的。第一，属于印欧语系语言的英语在押韵方面存在先天的多音节不规则形式缺陷，导致押韵词汇范围相对较窄。所以对于英国诗人来说，很苦于押韵难工；莎士比亚的许多押韵体诗，例如十四行诗，在押韵方面都不很工整。其次，莎士比亚的剧文虽不押韵，却在节奏方面十分考究，这就弥补了音韵方面的不足。第三，莎士比亚的剧文几乎绝大多数是诗行，对于剧作者来说，每部长达两三千行的诗行行都要押韵，这是一个极大的挑战，很难完成。而一旦改用素体，剧作者便会轻松得多。但是，以上几点对于汉语译本则不是一个问题。汉语的词汇及语音构成方式决定了它天生就是一种有利于押韵的艺术性语言。汉语存在大量同韵字，押韵是一件很容易的事情。汉语的语音音调变化也比莎士比亚使用的英语的音调变化空间大一倍以上。汉语音调至少有四种（加上轻重变化可达六至八种），而英语的音调主要局限于轻重语调两种，所以存在于印欧语系文字诗歌中的频频押韵有时会产生的单调感，在汉语中会在很大程度上由于语调的多变而得到缓解。故汉语戏剧剧文在押韵方面有很大的潜在优势空间，实际上元明戏剧剧文频频押韵就是证明。

第三，莎士比亚的剧文虽然很多不押韵，但却具极强的节奏感。他惯用的格律多半是抑扬格五音步（iambic pentameter）诗行。如果我们在节奏方面难以传达原作的音美，或者可以通过韵律的音美来弥补节奏美的丧失，这种翻译对策谓之堤内损失堤外补，亦谓失之东隅，收之桑榆。我们的语言在某方面有缺陷，可以通过另一方面的优点来弥补。当然，笔者主张在一定程度上借鉴利用传统词曲的风味，却并不主张使用宋词、元曲式的严谨格律，而只是追求一种过分散文化和过分格律化之间的妥协状态。有韵但是不严格，要适当注意平仄，但不过多追求平仄效果及诗行的整齐与否；不必有太固定的建行形式，只是根据诗歌本身的内容和情绪赋予适当的节奏与韵式。在措辞上则保持与白话有一段距离，但是绝非佶屈聱牙的文言，而是趋近典雅、但普通读者也能读懂的语言。

最后，根据翻译标准多元互补论原理，由于莎士比亚作品在内容、形式及审美效应方面具有多样性，因此，只用一种类乎纯诗体译法来翻译所有的莎士比亚剧文，也是不完美的，因为单一的做法也许无形中堵塞了其他有益的审美趣味通道。因此，这套译本的译风虽然整体上强调诗化、诗味，但是在营造诗味的途径和程度上不是单一的。我们允许诗体译风的灵活性和创新性。多译者译法实际上也是在探索诗体译法的诸多可能性，这为我们将来进一步改进这套译本铺垫了一条较宽的道路。因此，译文从严格押韵、半押韵到不押韵的各个程度，译本都有涉猎。但是，无论是否押韵，其节奏和措辞应该总是富于诗意，这个要求则是统一的。这是我们对皇家版《莎士比亚全集》译本的语言和风格要求。不能说我们能完全达到这个目标，但我们是往这个方向努力的。正是这样的努力，使这套译本与前此译本有很大的差异，在一定的意义上来说，标志着中国莎士比亚著作翻译的一次大转折。

翻译突破：还原莎士比亚作品禁忌区域

另有一个课题是中国学者从前讨论得比较少的禁忌领域，即莎士比亚著作中的性描写现象。

　　许多西方学者认为，莎士比亚酷爱色情字眼，他的著作渗透着性描写、性暗示。只要有机会，他就总会在字里行间，用上与性相联系的双关语。西方人很早就搜罗莎士比亚著作的此类用语，编纂了莎士比亚淫秽用语词典。这类词典还不止一种。1995 年，我又看到弗朗基·鲁宾斯坦（Frankie Rubinstein）等编纂了《莎士比亚性双关语释义词典》（*A Dictionary of Shakespeare's Sexual Puns and Their Significance*），厚达372 页。

　　赤裸裸的性描写或过多的淫秽用语在传统中国文学作品中是受到非议的，尽管有《金瓶梅》这样被判为淫秽作品的文学现象，但是中国传统的主流舆论还是抑制这类作品的。莎士比亚的作品固然不是通常意义上的淫秽作品，但是它的大量实际用语确实有很强的色情味。这个极鲜明的特点恰恰被前此的所有汉译本故意掩盖或在无意中抹杀掉。莎士比亚的所有汉译者，尤其是像朱生豪先生这样的译者，显然不愿意中国读者看到莎士比亚的文笔有非常泼辣的大量使用性相关脏话的特点。这个特点多半都被巧妙地漏译或改译。于是出现一种怪现象，莎士比亚著作中有些大段的篇章变成汉语后，尽管读起来是通顺的，读者对这些话语却往往感到莫名其妙。以《罗密欧与朱丽叶》第一幕第一场前面的 30 行台词为例，这是凯普莱特家两个仆人山普孙与葛莱古里之间的淫秽对话。但是，读者阅读过去的汉译本时，很难看到他们是在说淫秽的脏话，甚至会认为这些对话只是仆人之间的胡话，没有什么意义。

　　不过，前此的译本对这类用语和描写的态度也并不完全一样，而是依据年代距离在逐步改变。朱生豪先生的译本对这些东西删除改动得最多，梁实秋先生已经有所保留，但还是有节制。方平先生等的译本保留得更多一些，但仍然持有相当的保留态度。此外，从英语的不同版本看，有的版本注释得明白，有的版本故意模糊，有的版本注释者自己也没有弄懂这些双关语，那就更别说中国译者了。

在这一点上，我们目前使用的皇家版《莎士比亚全集》是做得最好的。

那么，我们该怎样来翻译莎士比亚的这种用语呢？是迫于传统中国道德取向的习惯巧妙地回避，还是尽可能忠实地传达莎士比亚的本真用意？我们认为，前此的译本依据各自所处时代的中国人道德价值的接受状态，采用了相应的翻译对策，出现了某种程度的曲译，这是可以理解的，是特定历史条件下的产物。但是，历史在前进，中国人的道德观已经有了很大的改变，尤其是在性禁忌领域。说实话，无论我们怎样真实地还原莎士比亚著作中的性双关描写，比起当代文学作品中有时无所忌讳的淫秽描写来，莎士比亚还真是有小巫见大巫的感觉。换句话说，目前中国人在这方面的外来道德价值接受状态，已经完全可以接受莎士比亚著作中的性双关用语了。因此，我们的做法是尽可能真实还原莎士比亚性相关用语的现象。在通常的情况下，如果直译不能实现这种现象的传输，我们就采用注释。可以说，在这方面，目前这个版本是所有莎士比亚汉译本中做得最超前的。

译法示例

莎士比亚作品的文字具有多种风格，早期的、中期的和晚期的语言风格有明显区别，悲剧、喜剧、历史剧、十四行诗的语言风格也有区别。甚至同样是悲剧或喜剧，莎士比亚的语言风格往往也会很不相同。比如同样是属于悲剧，《罗密欧与朱丽叶》剧文中就常常有押韵的段落，而大悲剧《李尔王》却很少押韵；同样是喜剧，《威尼斯商人》是格律素体诗，而《快乐的温莎巧妇》却大多是散文体。

　　与此现象相应，我们的翻译当然也就有多种风格。虽然不完全一一对应，但我们有意避免将莎士比亚著作翻译成千篇一律的一种文体。从这个意义上说，皇家版《莎士比亚全集》汉译本在某些方面采用了全新的译法。这种全新译法不是孤立的一种译法，而是力求展示多种翻译风格、多种审美尝试。多样化为我们将来精益求精提供了相对更多的选择。如果现在固定为一种单一的风格，那么将来要想有新的突破，就困难了。概括说来，我们的多种翻译风格主要包括：1）有韵体诗词曲风味译法；2）有韵体现代文白融合译法；3）无韵体白话诗译法。下面依次选出若干相应风格的译例，供读者和有关方面品鉴。

　　一、有韵体诗词曲风味译法

　　有韵体诗词曲风味译法注意使用一些传统诗词曲中诗味比较浓郁的词汇，同时注意遣词不偏僻，节奏比较明快，音韵也比较和谐。但是，它们并不是严格意义上的传统诗词曲，只是带点诗词曲的风味而已。例如：

女巫甲　　何时我等再相逢？

　　　　　　闪电雷鸣急雨中？

女巫乙　　待到硝烟烽火静，

　　　　　　沙场成败见雌雄。

女巫丙　　残阳犹挂在西空。　　　　　　　　（《麦克白》第一幕第一场）

小丑甲　　当时年少爱风流，

　　　　　　有滋有味有甜头；

　　　　　　行乐哪管韶华逝，

　　　　　　天下柔情最销愁。　　　　　　　　（《哈姆莱特》第五幕第一场）

朱丽叶　天未曙，罗郎，何苦别意匆忙？
　　　　鸟音啼，声声亮，惊骇罗郎心房。
　　　　休听作破晓云雀歌，只是夜莺唱，
　　　　石榴树间，夜夜有它设歌场。
　　　　信我，罗郎，端的只是夜莺轻唱。

罗密欧　不，是云雀报晓，不是莺歌，
　　　　看东方，无情朝阳，暗洒霞光，
　　　　流云万朵，镶嵌银带飘如浪。
　　　　星斗如烛，恰似残灯剩微芒，
　　　　欢乐白昼，悄然驻步雾嶂群岗。
　　　　奈何，我去也则生，留也必亡。

朱丽叶　听我言，天际微芒非破晓霞光，
　　　　只是金乌，吐射流星当空亮，
　　　　似明炬，今夜为郎，朗照边邦，
　　　　何愁它曼托瓦路，漫远悠长。
　　　　且稍待，正无须行色皇皇仓仓。

罗密欧　纵身陷人手，蒙斧钺加诛于刑场；
　　　　只要这勾留遂你愿，我欣然承当。
　　　　让我说，那天际灰朦，非黎明醒眼，
　　　　乃月神眉宇，幽幽映现，淡淡辉光；
　　　　那歌鸣亦非云雀之讴，哪怕它
　　　　嚣然振动于头上空冥，嘹亮高亢。
　　　　我巴不得栖身此地，永不他往。
　　　　来吧，死亡！倘朱丽叶愿遂此望。
　　　　如何，心肝？畅谈吧，趁夜色迷茫。

（《罗密欧与朱丽叶》第三幕第五场）

二、有韵体现代文白融合译法

有韵体现代文白融合译法的特点是：基本押韵，措辞上白话与文言尽量能够水乳交融；充分利用诗歌的现代节奏感，俾便能够念起来朗朗上口。例如：

哈姆莱特 死，还是生？这才是问题根本：

莫道是苦海无涯，但操戈奋进，

终赢得一片清平；或默对逆运，

忍受它箭石交攻，敢问，

两番选择，何为上乘？

死灭，睡也，倘借得长眠

可治心伤，愈千万肉身苦痛痕，

则岂非美境，人所追寻？死，睡也，

睡中或有梦魇生，唉，症结在此；

倘能撒手这碌碌凡尘，长入死梦，

又谁知梦境何形？念及此忧，

不由人踌躇难定：这满腹疑情

竟使人苟延年命，忍对苦难平生。

假如借短刀一柄，即可解脱身心，

谁甘愿受人世的鞭挞与讥评，

强权者的威压，傲慢者的骄横，

失恋的痛楚，法律的耽延，

官吏的暴虐，甚或默受小人

对贤德者肆意拳脚加身？

谁又愿肩负这如许重担，

流汗、呻吟，疲于奔命，

倘非对死后的处境心存疑云，

惧那未经发现的国土从古至今
无孤旅归来，意志的迷惘
使我辈宁愿忍受现世的忧闷，
而不敢飞身投向未知的苦境？
前瞻后顾使我们全成懦夫，
于是，本色天然的决断决行，
罩上了一层思想的惨淡余阴，
只可惜诸多待举的宏图大业，
竟因此如逝水忽然转向而行，
失掉行动的名分。 　　　（《哈姆莱特》第三幕第一场）

麦克白　若做了便是了，则快了便是好。
若暗下毒手却能横超果报，
割人首级却赢得绝世功高，
则一击得手便大功告成，
千了百了，那么此际此宵，
身处时间之海的沙滩、岸畔，
何管它来世风险逍遥。但这种事，
现世永远有裁判的公道：
教人杀戮之策者，必受杀戮之报；
给别人下毒者，自有公平正义之手
让下毒者自食盘中毒肴。 　　　（《麦克白》第一幕第七场）

损神，耗精，愧煞了浪子风流，
都只为纵欲眠花卧柳，
阴谋，好杀，赌假咒，坏事做到头；

心毒手狠，野蛮粗暴，背信弃义不知羞。

才尝得云雨乐，转眼意趣休。

舍命追求，一到手，没来由

便厌腻个透。呀恰，恰像是钓钩，

但吞香饵，管教你六神无主不自由。

求时疯狂，得时也疯狂，

曾有，现有，还想有，要玩总玩不够。

适才是甜头，转瞬成苦头。

求欢同枕前，梦破云雨后。

唉，普天下谁不知这般儿歹症候，

却避不得便往这通阴曹的天堂路儿上走！

（十四行诗第一百二十九首）

三、无韵体白话诗译法

无韵体白话诗译法的特点是：虽然不押韵，但是译文有很明显的和谐节奏，措辞畅达，有诗味，明显不是普通的口语。例如：

贡妮芮　父亲，我爱您非语言所能表达；

胜过自己的眼睛、天地、自由；

超乎世上的财富或珍宝；犹如

德貌双全、康强、荣誉的生命。

子女献爱，父亲见爱，至多如此；

这种爱使言语贫乏，谈吐空虚：

超过这一切的比拟——我爱您。（《李尔王》第一幕第一场）

李尔　国王要跟康沃尔说话，慈爱的父亲

要跟他女儿说话，命令、等候他们服侍。

这话通禀他们了吗？我的气血都飙起来了！
火爆？火爆公爵？去告诉那烈性公爵——
不，还是别急：也许他是真不舒服。
人病了，常会疏忽健康时应尽的
责任。身子受折磨，
逼着头脑跟它受苦，
人就不由自主了。我要忍耐，
不再顺着我过度的轻率任性，
把难受病人偶然的发作，错认是
健康人的行为。我的王权废掉算了！
为什么要他坐在这里？这种行为
使我相信公爵夫妇不来见我
是伎俩。把我的仆人放出来。
去跟公爵夫妇讲，我要跟他们说话，
现在就要。叫他们出来听我说，
不然我要在他们房门前打起鼓来，
不让他们好睡。 （《李尔王》第二幕第二场）

奥瑟罗　诸位德高望重的大人，
我崇敬无比的主子，
我带走了这位元老的女儿，
这是真的；真的，我和她结了婚，说到底，
这就是我最大的罪状，再也没有什么罪名
可以加到我头上了。我虽然
说话粗鲁，不会花言巧语，
但是七年来我用尽了双臂之力，

直到九个月前，我一直
都在战场上拼死拼活，
所以对于这个世界，我只知道
冲锋向前，不敢退缩落后，
也不会用漂亮的字眼来掩饰
不漂亮的行为。不过，如果诸位愿意耐心听听，
我也可以把我没有化装掩盖的全部过程，
一五一十地摆到诸位面前，接受批判：
我绝没有用过什么迷魂汤药、魔法妖术，
还有什么歪门邪道——反正我得到他的女儿，
全用不着这一套。　　　　　（《奥瑟罗》第一幕第三场）

目　录

《亨利五世》导言

"亨利五世"早已成为英国爱国主义的同义语。一位年少志猛的国王，纯粹以雄辩辞令之力激发其将士们的非凡勇气，力克一切危难险阻，取得惊世骇俗的军事胜利。这些豪言壮语已被赋予传奇色彩："再次向突破口冲锋，亲爱的朋友们，/ 向突破口冲啊"；"天佑哈利，/ 天佑英格兰和圣乔治"；"我们是少数，幸运的少数，/ 一伙好兄弟"。莎士比亚16世纪90年代所写的其他历史剧描绘的都是一个被派系分裂的英格兰，一个为王位的合法继承而忧虑的英格兰，而此剧展现的则是一个天下统一、无往不胜的王国。或许莎士比亚其他任何一部戏剧都没有如此简单的剧情：哈利王谋霸法国，挫败了一个小阴谋，出海征战，占领阿夫勒尔，赢得阿金库尔战役[1]并娶了战败法王之女为妻。剧中人物几乎囊括了效忠他的所有军队将士和敌方法国各色人等，其中值得注意的是法国太子被贬损成穷家出身的霍茨波（Hotspur）之类的人物。然而，如同莎剧中常见的情况一样，这个"几乎"之中大有保留。《亨利四世》（*Henry the Fourth*）下篇的收场白许诺后续戏文之中"约翰爵士继续粉墨登场"：肥

1　即 the battle of Agincourt，又译阿让库尔战役。英法百年战争中著名的以少胜多的战役。——译者附注

硕骑士的缺席给国王的胜利罩上了阴影。

此剧开头并无出场典礼和盛大的宫廷排场。剧始，致辞者孤零零地出现在空荡荡的舞台上。要观众颇费神思之事只有一桩：他们即将目睹的是表演，不是史实；而他们的想象力将是必要的，以便点化舞台和剧团为战场和军队。剧本旨在影响我们，正如哈利王影响他的拥戴者：凭言辞的巨大煽惑力，穷尽极为匮乏的资源之潜力，创造出煌煌胜利。在各幕之间，致辞者重返舞台，提醒我们这一切都是戏剧手法：我们只是假定自己被徙往法国，而那一小群演员和临时演员即构成一支浩浩大军，首途远征，近身肉搏，决一死战。正如麦克白（Macbeth）和普洛斯彼罗（Prospero）会提醒后来的莎剧观众，演员不过是影子。沙漏倒过两三回之后，狂欢结束，幕落剧终，宛然一梦。哈利的胜利也是如此：结尾的致辞是一首优美的十四行诗，将剧作家富于想象力的作品（"窄小的空间束缚伟人施展"）同凯旋的国王在位时间之短暂相比较（"英格兰的这颗巨星年寿虽短，／却在短暂中彪炳汗青史章"）。那么哈利的取胜秘诀是否在于语言的力量而非他事业的正义？

剧情展开伊始，教会的代表确认国王已"洗心革面"，由《亨利四世》二联剧中的"荒诞"嬗变为心意虔诚。他摇身一变，成为宗教事务、政治活动和战争理论的大师。几位主教的谈话提及发生于 16 世纪的宗教改革且因而为人熟知的一起公案：即国家没收教会的财产。这促成了一笔政治交易：大主教将为国王入侵法国的意图提供法律上的正当性，作为交换，国王将在教会同议会的财产争执中支持教会。在下一场中，大主教为论述入侵的正当性而发表了冗长的议论，细论了先例、继承谱系和萨利克继承法 [1] 的适用性，而这一整场关于正当性的论述不过是为实现精

1　萨利克继承法（Salic law）：古萨利克人的基本法，根据其中规定，母系不得承袭遗产或王位。——译者附注

心策划的政治目标而演绎的一种虚假把戏。国王的问题只有一句话："我提出继承权合法正当吗？"他得到了他想听到的答案：合法正当。他对小号字可不感兴趣[1]。

莎士比亚以诡计多端的主教们开篇，表明战争的动机出于政治实用主义而非什么崇高的信念。哈利王忧心于苏格兰人可能入侵，深知自己的王位不稳，于是有必要处决卖国者剑桥、斯克鲁普和葛雷，这一处置手法显示他既有恻隐之心而又执法威严，露出了天鹅绒手套里的铁腕。虽然有自古以来英国即拥有对法国的权利和必须雪网球之辱之类的理由在先，但人们还是不禁要怀疑哈利发动战争的真正动机是否受其父临死时战略性教诲的驱使：

> ……所以我的哈利，你的对策是：
> 频开外战以牵制他们的心思，
> 或可淡漠他们往日不悦之忆。（《亨利四世》下篇第四幕第二场）

没有任何事情能像出征海外那样团结一个分裂的国家。

哈尔王子在《亨利四世》中放浪不羁，其原因此时真相大白，原来是精心炮制的花招和做戏。当了国王之后，他继续玩花招：在第二幕中对几个卖国贼的处置以及阿金库尔战役之后对普通士兵威廉斯的戏弄全是精心设计的戏剧性伎俩，是为了展现他具备窥透其臣民灵魂的近乎神奇的魔力。扮演哈利王的演员的表演风格大致取决于他把这个角色的表演才能渲染到何种程度。在这一点上，对凯瑟琳的追求是关键所在：在多大程度上他的表现是魅力、智慧、孩子气的窘态和好弄权柄的集大成

1　小号字（small print）：合约中的限制性附属细则一般排印为小号字体。——译者附注

（"您爱我就是爱法国的朋友啊，因为我是如此地爱法国，以至于我舍不得它的每一个村庄"）？抑或哈利真的为凯特所倾倒？

哈利王统御天下之力主要来自于大主教所谓的"他的美言丽词"。娴于辞令是他的最大天赋：他能辩，善诱，发号施令，擅长鼓动。在剧中，莎士比亚给他的台词比任何其他的人物都多两倍以上。他时而口出高雅精巧的诗句，时而谈吐如日常对白，游刃有余于其间，唯有哈姆莱特（Hamlet）堪比。诸多现代将领在鼓动军队冲锋陷阵的训词中引用了圣克里斯宾节的演讲[1]；劳伦斯·奥利弗（Laurence Olivier）1944 年执导了一部影片，以献给其时正在把欧洲从纳粹的占领下解放出来的英、美和其他盟军，而这部影片只是众多基于这出莎剧改编成的战争片中最有名的一部（据说由于温斯顿·丘吉尔 [Winston Churchill] 的坚持，奥利弗删剪了有关三个卖国者的那场戏，因为在这紧急的历史关头，盟国之间务必团结）。即使强硬的愤世嫉俗者在听到国王对他的弟兄们发表的那番讲话时也会发现自己变得爱国了，电影中国王的话语伴随着壮阔的镜头和激奋的音乐迸发而出，更加强了这一效果。

哈利激励士气的讲话显示了敏锐的政治智慧的作用。例如，"再次向突破口冲锋，亲爱的朋友们，/ 向突破口冲啊"这段话被细心地调整为三部分。开头的"亲爱的朋友们"指国王的至亲好友，他们树立了高尚的楷模。然后注意力转向王公贵族——"至高至贵的英格兰人"，他们的作用是"为出身低微者立范吧，/ 教他们如何统兵打仗"。其后是"自由民"，最后是"平庸之辈"。所有的人都"目光闪烁高贵"，只要他们奋勇冲进阿夫勒尔的城墙的突破口。他的讲话颁发了一道自上而下传遍各级的命令，树立起前线将官身先士卒的表率形象。就连低级士官巴道夫一时也

---

1 圣克里斯宾节的演讲（Saint Crispin's day oration）：指亨利五世在阿金库尔决战前的动员演讲。——译者附注

被激励起来。但是尼姆、毕斯托尔和福斯塔夫的侍童并未被感召。他们停在原地不动，被忠诚的上尉弗鲁爱林揍了一顿，驱赶到突破口。所以国王言辞的号召力值得怀疑。

弗鲁爱林信奉按惯例作战，放在现代就是一个思想自由且潜心于遵照《日内瓦公约》（*Geneva convention*）条款打仗的军官。但正是他的思维方式暴露了国王在道德甲胄上的瑕疵。蒙茅斯的哈利王被与马其顿的亚历山大大帝相提并论，不仅因为两者都是伟大的战士（他们都来自首字母为 M 的地方 [1]，这两个地方都有一条河流过境内，"两条河里都有鲑鱼"），而且因为"正如亚历山大酒醉杀了他的朋友克利图斯 [2]，蒙茅斯的哈利则清清醒醒、深思熟虑地驱逐了那个大腹便便、满嘴笑话、插科打诨、一肚子鬼主意、满脑子邪门歪道的大胖子骑士"。这提醒观众，哈利的伟大的代价是对福斯塔夫的心的诛杀。

另外还有屠杀法军俘虏一事，不仅公然从奥利弗战时摄制的电影中略去了，而且也从肯尼思·布拉纳（Kenneth Branagh）1989 年拍摄的总体上比较深刻地描述了阿金库尔战役的影片中消失了。弗鲁爱林认为法军杀戮那些孩子和行李看守员"完全违反战争的规矩"。高厄回答道，既然法国人破坏了规矩，英国人也被迫如法炮制，"所以国王一怒之下完全正当地命令每个士兵杀掉俘虏。啊，好一个侠勇的国王！"可是此剧的文本很清楚，哈利王在得知随军平民被攻击之前已下令杀死俘虏。就地屠杀俘虏的缘由是剩下的每一个士兵都必须去应对法军增援的到来。这是一个实用的决定，但既不侠勇也不正当。早些时候在阿夫勒尔也是如此：尽管是威胁而非行动，强奸城里的少女和屠杀无辜的想法同"侠勇"

---

1 哈利来自 Monmouth（蒙茅斯），亚历山大来自 Macedon（马其顿）。——译者附注
2 克利图斯（Cleitus）：亚历山大大帝的朋友，亦为其麾下将军，在一次酒醉中同亚历山大争执，被亚历山大所杀。——译者附注

或"正当"之类的字眼风马牛不相及。

最见深刻的是战役前夜乔装的哈利·"勒鲁瓦"[1]同迈克尔·威廉斯之间的那场争论：

> 可是如果这场战争不得人心的话，国王自己所造的孽就大了，欠的命债就重了。所有那些在厮杀中被砍掉的腿、臂和头将在最后的审判之日重合为一体，齐声呼冤叫屈，"我们死在异国他乡啊"——有的诅咒，有的喊军医救命，有的为抛下的可怜妻子悲号，有的惦记着未还的欠债，有的担忧自己的幼子无依无靠。恐怕死在战场上的人极少瞑目而终的，因为打仗就是专门杀人流血，谁会心怀仁慈？

迈克尔在战役前夕的寥寥数语触动了哈利的良心，引得他在独白中对领袖的责任大发感慨，祈求上帝不要在此刻为其父谋夺王位所犯的过错而处罚他。战役之后，国王以其惯用的两面手法既成功地使威廉斯陷入尴尬境地，又表示要嘉奖他。可是他始终没有找到这个问题的满意答案：每一个臣民的职责都是国王的，而每一个臣民的灵魂却是他自己的，但是事实依然是，一个人要拟订自己的灵魂账单以便去见上帝时得以安息，在这个意义上血腥的战场非"瞑目而终"之地。

《亨利四世》上篇以苏格兰（道格拉斯[Douglas]）和威尔士（奥温·葛兰道厄[Owen Glendower]）的反叛启幕，而《亨利五世》则以英伦诸岛一致征讨法国开篇。亨利王的军队是一个四重奏的组合，包括英格兰（高厄）、威尔士（弗鲁爱林）、苏格兰（杰米）和爱尔兰（麦克摩里斯）。可

---

1 原文为法语 le Roi，意为"国王"。——译者附注

是我们不能肯定地说此剧是对四国统而为一的颂扬，因为在对法国的征战中，哈利王的军队内部关系并非不紧张。尤其是爱尔兰人麦克摩里斯与众人格格不入，甚至同温良谦和的弗鲁爱林也相处不谐：

弗鲁爱林　　麦克摩里斯上尉，我认为——请您听着，恕我直言——贵民族中并无很多人——

麦克摩里斯　我的民族？我的民族怎么啦？恶棍，杂种，混蛋，无赖。我的民族怎么啦？谁议论我的民族？

第五幕的致辞颂扬了埃塞克斯伯爵（Earl of Essex），因为 1599 年当观众正在伦敦观看这出戏之时，他正把爱尔兰人挑在他的剑尖上。但在第三幕的正文中，莎士比亚替爱尔兰人说了话。更精确地说是在表达置疑——因为威尔士人弗鲁爱林出于对蒙茅斯的哈利（曾经的威尔士亲王、现在的英国国王）的忠诚而为英格兰讲话——他质疑英格兰是否有资格为爱尔兰讲话。什么样的英格兰人或英格兰化的威尔士人敢议论麦克摩里斯的国家？当爱尔兰人被英格兰人视为恶棍、杂种、混蛋和无赖的时候，爱尔兰能是什么样的国家？伊丽莎白时代的英格兰民族诗人埃德蒙·斯宾塞（Edmund Spenser）在 16 世纪 90 年代中叶发表的题为《论爱尔兰当前的状况》（*A View of the Present State of Ireland*）的对话体文章中，就以这种主流腔调来诠释爱尔兰人。可是即使是斯宾塞也发出了与主流相反的声音。《论爱尔兰当前的状况》一文以对话体的形式，对在爱尔兰的"老英格兰"移民的批评之烈甚于对爱尔兰人本身的訾议，而在《仙后》（*The Faerie Queene*）[1] 中，作者描写了一个类似于爱尔兰的野蛮国

---

1 《仙后》是埃德蒙·斯宾塞于 16 世纪 80 年代创作的史诗作品。——译者附注

家，但书中的一个野蛮人却是最高贵的人。

至于莎士比亚，他的声音完全是反主流的。当麦克摩里斯质问"我的民族怎么啦？"之时，痛苦之中的爱尔兰被允许发出声音了，正如在《暴风雨》（*The Tempest*）中，莎士比亚所写的最美的诗出自一个"野蛮而畸形的奴隶"之口，其名字令人联想到加勒比人[1]和食人生番。因为莎士比亚几乎从不局限于他自己所处时代和文化中的热门话题，所以他在其他时代和文化中也一直是热门话题。因为他着眼于重大的政治问题而非局部地区政治的枝节，所以他的剧作涉及的是专制主义和侵略性的民族主义这样一些永恒的问题。因为他自己的立场如此难于捉摸，因为他的每一个声音都有其反面——弗鲁爱林有麦克摩里斯，哈利王有迈克尔·威廉斯，普洛斯彼罗有凯列班（Caliban）——他成为多种立场的喉舌。

也许令人惊异的是，虽然国王的煽动性讲话和大主教有关历史的繁复说教占了大量的篇幅，但《亨利五世》中的散体部分所占的比例几乎同《亨利四世》二联剧的比例一样高。而正是这些散体部分的场景最为动情：老板娘奎克莉对福斯塔夫之死既滑稽又感人的讲述，女人们告别奔赴战场的男人时的柔情时刻，弗鲁爱林的人物形象（其忠王之心和军人职业素质被描绘得情深切切，而同时他墨守战争历史和理论的迂腐之气也遭到嘲弄），以及在大战前夕普通士兵在同乔装的国王辩论中所表现出的真实可信的畏惧之态、常识之见和敌意之情。

福斯塔夫死了，但其精神在他那些征战法兰西的朋友们身上得到了重生。《亨利四世》上、下篇和《亨利五世》组成的三部曲中，始终贯穿着一个有所保留的注解，侵蚀着哈尔王子成长为勇士型国王兼爱国者的辉煌历程：在表现法治、秩序和武功的精美诗体话语的映衬之下，迷乱

---

1 加勒比人（Carib）：拉丁美洲印第安人的一支。曾被西班牙殖民者蔑称为"食人者"，因发音相近，故得此名。——译者附注

但响亮的散体话语分外清晰。一度侍候过福斯塔夫的侍童简洁之至地概括了这些话语的意蕴。在国王高呼战斗是获取不朽名声的机会时，那侍童回应说："但愿我在伦敦的酒店里，我愿用我的一世英名换取一壶酒和平安。"这不仅仅是一个脱离了亚瑟王（King Arthur）怀抱的小号福斯塔夫的心情，这是每一个时代的士兵的心声。阿金库尔战役之后，国王为这一奇迹感谢上帝，因为在战斗中阵亡的英国人不到三十个。在他罗列的死者名单上，他并未提及福斯塔夫的追随者，然而正是这些人的死让观众最感悲悼：巴道夫和尼姆被绞死；侍童在看守部队行李时被杀；奎克莉或桃儿[1]因法国病而死在医院里。他们并非为哈利的而是为福斯塔夫的英格兰而死；他们不是为威斯敏斯特的宫廷和议会而战，而是为依斯特溪泊的一家酒馆而战。

参考资料

剧情： 亨利五世继承英国王位不久，即考虑将法兰西也纳入囊中。他就此事的正当性同坎特伯雷大主教磋商时，却收到法国太子路易的赠礼——一筐网球，这显然是嘲讽他年轻气盛，骄横无知。受此刺激，他决定发兵入侵法兰西。亨利五世过去在依斯特溪泊酒店的那伙朋友从老板娘奎克莉口中得知约翰·福斯塔夫的死讯。他们告别了老板娘，加入亨利五世的军队出征法兰西。尽管法国太子坚持认为亨利五世根本不是

1　毕斯托尔娶了奎克莉，但他在第五幕第一场中又说"消息说桃儿得法国病死在医院"。这是莎剧中众多难解之处之一，也许莎士比亚或出版商把人名搞混了，也许是为某种戏剧效果而故意为之。他失亲之痛表明他所指是其妻，但死于性传染之病（即所谓法国病）者妓女桃儿比老板娘奎克莉的可能性更大，而且在第二幕第一场中毕斯托尔已经有所暗示：桃儿身陷治疗性病的"蒸汽澡盆里"。无论哪种情况，其目的都是要使毕斯托尔成为依斯特溪泊酒店那群知交密友中的最后一个幸存者。

法兰西的对手，法王还是接见了英格兰的使节，但最后拒绝了亨利五世踞有法兰西王位的索求。于是亨利五世的军队围困并占领了阿夫勒尔城。当其父王正忙于鼓动法兰西的王公贵族起来报仇雪恨时，凯瑟琳公主开始跟她的侍女艾丽丝学英语。阿夫勒尔之役胜利后，英格兰军队开始经诺曼底后撤，其原因是士兵生病和恶劣天气致士气低落。即使如此，亨利五世仍拒绝了法方传令官提出的赔款条件，于是两军准备交战。在阿金库尔战役打响前夕，亨利五世微服巡视军营，了解将士所思所想，并由此意识到身为国王的重大责任。而法军营内士气高涨，与英军形成强烈对比。于是两军对垒，亨利五世倾巢出动，孤注一掷，胜败由天，结果大胜法军，损失之小，不可思议。作为两国继后签订条约的内容之一，亨利五世向凯瑟琳公主求婚并得到允诺，从而通过联姻将两国紧密相连。

主要角色：（列有台词行数百分比/台词段数/上场次数）亨利五世（32%/147/11），弗鲁爱林（9%/68/6），致辞者（7%/6/6），坎特伯雷大主教（7%/18/2），毕斯托尔（5%/62/7），埃克塞特公爵（4%/22/8），法国大元帅（4%/40/5），太子路易（4%/31/5），法王（3%/19/3），侍童（2%/16/4），威廉斯（2%/28/3），勃艮第公爵（2%/8/1），高厄（2%/5/1），凯瑟琳（2%/33/2），蒙乔（2%/11/3），尼姆（1%/20/3），老板娘奎克莉（1%/11/2），奥尔良公爵（1%/29/3）。

语体风格：诗体约占 60%，散体约占 40%。

创作年代：1599 年。肯定写成于《亨利四世》下篇后不久；米尔斯（Meres）[1]

---

1 即弗朗西斯·米尔斯（Francis Meres），英国教士、作家，作品中有对早期莎剧的评论。——译者附注

未在 1598 年提及此剧；1600 年出版。"……将军从爱尔兰荣归"（第五幕，致辞）一句几乎总被认为指埃塞克斯伯爵远征爱尔兰一事，其发生在 1599 年 3 月至 9 月之间。少数评论家认为此"将军"为芒乔伊勋爵（Lord Mountjoy），因其从 1600 年 2 月起任英国军需大臣及爱尔兰总督，据此可确定剧本、至少是剧中致辞部分的写作日期更晚一些，但是剧中暗示其人名声显赫，这更合于埃塞克斯的情况而非芒乔伊。涉及舞台演出本身的内容（"这木头圈内"）暗示此剧可能是为新近落成的环球剧场而作，其开张日期可能在 1599 年 2 月至 9 月之间，但此剧亦有可能在幕帷剧院首演。

取材来源：该剧主要以霍林谢德（Holinshed）的《编年史》（*Chronicles*）1587 年版为依据；也许采用了霍林谢德的重要原始资料，即爱德华·霍尔（Edward Halle）所著《兰开斯特和约克两大名门望族的联合》（*Union of the Two Noble and Illustre Families of Lancaster and York*, 1548 年）。与《亨利四世》类似的是，该剧也参考了一部作者不详的戏剧《亨利五世之辉煌战绩：光荣的阿金库尔战役》（*The Famous Victories of Henry the Fifth: containing the Honourable Battell of Agin-court*, 1598 年出版，但在出版前的十多年里其已在演出剧目之中），此剧包括诸多细节，如坎特伯雷大主教力证亨利五世称王法兰西的正当性、法国太子馈赠网球以及亨利五世向凯瑟琳求婚。莎士比亚所在剧团的竞争对手菲利普·亨斯洛（Philip Henslowe）的剧团也排演了一出《亨利五世》，但已失传，所以难以确定其对莎士比亚的影响。阿金库尔战役前夕的情节受到了 16 世纪 90 年代的戏剧传统影响，即君王微服乔装到民间了解民情。

文本：一种四开本于 1600 年出版（《亨利五世编年史：战于法兰西阿金

库尔之役；旗官毕斯托尔之事；由陛下之仆从宫内大臣剧团多次献演》
[*The Chronicle History of Henry the fift, With his battell fought at Agin Court in France. Together with Auntient Pistoll. As it hath bene sundry times playd by the Right honorable the Lord Chamberlaine his servants*])。这种四开本比后来的对开本短一半以上，错讹甚多，且前后不一，有些地方与对开本迥异（如：根本没有致辞；在阿金库尔那场戏中，法方出现的不是太子而是波旁 [Bourbon]），所以可能是凭记忆根据舞台演出复原的本子。此四开本于 1602 年和 1619 年重印（后者原来的日期伪署为 1608 年）。对开本就好得多，篇幅足，印工好，几乎可以肯定是据莎士比亚的手稿或其抄本印制。然而，偶有些错误可对照四开本勘正。很可能对开本的编辑偶尔参考了第三四开本。现代编辑们最感棘手的是法语对话：莎士比亚的蹩脚法语，排印工似是而非的理解，再加上 16 世纪的法语同现代法语之间的差别，要整理出一个可用的文本，要求编辑具有超乎寻常的纠错和变古适今的能力。

乔纳森·贝特（Jonathan Bate）

亨利五世

致辞者

英方

亨利五世

贝德福德公爵，国王之弟

汉弗莱，**格洛斯特公爵**，国王之另一弟

埃克塞特公爵，国王之叔父

约克公爵，国王之堂兄

威斯特摩兰伯爵

沃里克伯爵

索尔兹伯里伯爵

坎特伯雷大主教

伊利主教

剑桥伯爵理查

亨利·**斯克鲁普**，马瑟姆勋爵 ⎫ 谋反国王者

托马斯·**葛雷**爵士 ⎭

尼姆下士

巴道夫中尉

旗官**毕斯托尔**

老板娘奎克莉，经营一家酒馆，毕斯托尔之妻

侍童，原为福斯塔夫之童仆

托马斯·欧平汉爵士
英格兰人高厄上尉
威尔士人弗鲁爱林上尉 } 国王军中将官
苏格兰人杰米上尉
爱尔兰人麦克摩里斯上尉

约翰·培茨
亚历山大·考特 } 英军兵士
迈克尔·威廉斯

传令官

法方

法王，查理六世

王后伊莎贝尔，法王之妻

太子路易，法王和王后之子及继承人

凯瑟琳，法王和王后之女

艾丽丝，凯瑟琳之侍女

法国大元帅

勃艮第公爵

蒙乔，法国传令官

阿夫勒尔**总督**

波旁公爵

奥尔良公爵

贝里公爵

朗菩尔爵士

葛朗伯莱爵士

法国驻英**大使**

法国贵族数人

众兵士、信差及侍从

开场诗

致辞者上

致辞者　　　啊，光焰万丈的缪斯女神，

　　　　　　　愿您高登灵感的至高天境，

　　　　　　　王国作舞台，

　　　　　　　王侯充戏伶，

　　　　　　　君王览尽宏伟演绎的壮景！

　　　　　　　于是善战的哈利崭露身手，

　　　　　　　一派战神威风，身后紧随着，

　　　　　　　饥馑、刀剑与烈焰，

　　　　　　　如猎犬暂系绳缰，伺机而动。

　　　　　　　然而在座绅士淑女请包涵，

　　　　　　　我等愚辈斗胆在这破台上

　　　　　　　演绎如此辉煌的史迹春秋。

　　　　　　　难道这斗鸡场似的小舞台

　　　　　　　容纳得下法国的广袤疆土？

　　　　　　　我们竟能将威震阿金库尔的

　　　　　　　盔甲兵将囿于这木头圈 [1] 内？

　　　　　　　见谅吧！既然加一个圆圈 [2]，

　　　　　　　可造一百万，那就让我们

　　　　　　　凭借你们想象力的驰骋，

1　指木头建的环形剧场。

2　圆圈：指〇。

于无形之中招来万马千军。
想象此时围在高墙之内的
是两大王国，疆界相峙立，
被险要狭窄的洋流[1]隔离。
以你们的神思补我们之拙，
化一人为千，想象力奔腾。
我们一提到马，你们就见
万马奋蹄齐奔，
扬起尘埃滚滚，
在你们遐想之中，国王穿越时空，
时此时彼，忽西忽东，
将多年功业集于一小时沙漏中。
为此容我在史剧大幕开启之前，
说这几句开场白：谢君海涵，
请静心观听、嘉意赏评这出戏文。　　　　　　下

1　指英吉利海峡。

第一幕

第一场　/　第一景

伦敦王宫内

坎特伯雷大主教与伊利主教上

坎特伯雷	主教，且听我说。这同一议案
	今又提出，先王[1]治下第十一年，
	就可能通过，后来果然通过了，
	于我等不利，可当时战乱不休，
	这个议案并未执行，不了了之。
伊利	大人，如今我们怎样阻挠这一议案通过？
坎特伯雷	这个问题必须仔细思量，
	以作定夺取舍。
	如果逆我们之意而通过，
	我们将失去大半的财产。
	虔诚者遗捐教会的民地，
	将从我们手中剥夺充公；
	估算国王以此足可豢养
	十五伯爵、一千五爵士
	以及六千二百绅士之多。
	此外为救济老弱病残者，
	此财足供一百所济贫院；

1　指亨利四世（Henry IV）。

再者每年可为王库缴贡

一千镑。此议案如是说。

伊利　　　这无异于一饮而尽。

坎特伯雷　连杯子都吞啦。

伊利　　　有何良策抗衡呢？

坎特伯雷　国王英明，泽被天下。

伊利　　　他心存厚爱于神圣教会。

坎特伯雷　他少时行状与今迥异。

其父之崩亡以后，

他的荒诞似亦随即终结。

慎思自省之气概，

如天使降临其身，

将忤逆不羁的亚当劣性，

驱逐于身心之外，

唯留天生美德于心之乐园。

从未见过不良浪子，

如此幡然突变君子，

洗心革面如此之迅猛彻底，

以大浪淘沙之势荡涤锢蔽，

无人能像当今王上顷刻间

除净其顽如九头蛇的乖癖。

伊利　　　我王之变，我等之福。

坎特伯雷　听他说教布道，

您不由得不赞叹，

私心祈愿他当上教长；

听他纵论国事，您会佩服

他的见识博大、研探精微；

听他论及战争，如闻妙乐，
恐怖的厮杀化为悦耳之音。
任何难题都在他手中化解，
他解戈耳狄俄斯结 [1] 易如解袜带；
他开言，空气这自由精灵，
也会立刻肃静，
人们惊叹无语，
陶陶然聆听他的美言丽词，
生活的艺术和经验教会他
能言善辩，这可真是奇迹，
当时殿下何以能学有长进，
既然他自暴自弃怠惰无为，
交友粗鄙尽皆游手好闲者，
消磨光阴于日夜寻欢作乐，
不学无术，学业一片荒芜，
放纵声色，不思回头是岸，
不离不弃，尽是三教九流。

伊利　　荨麻之下草莓丰美，
邻劣果而彰其鲜腴。
王子的睿智与才思，
掩隐在荒诞外表下，
就像夏日草之生长，
夜间暗自长势最快，

1　戈耳狄俄斯结（Gordian Knot）：希腊传说中佛律吉亚（Phrygia）国王戈耳狄俄斯（Gordius）
系战车所打之结，难以解开，据称能解开此结者将统治亚洲；终无人能解。后亚历山大大帝
（Alexander the Great）以剑将结劈开。

	人同草木禀此天性。
坎特伯雷	必定如此，奇迹叹为观止。
	所以我们须承认世事趋善，
	皆循自然之道而行。
伊利	可是，英明的主教大人，
	下议院力图通过此议案，
	而今如何挫其逼人锋芒？
	王上意欲何为？赞成否？
坎特伯雷	他的态度好像不偏不倚，
	或许可说更倾向于我们，
	而非那些不肖之徒，
	逆我而行，谋图通过议案。
	因我以教士会议之名义，
	对陛下许诺捐一笔巨资，
	其数额之大已远远超过
	教会以往所献历代先王；
	同时也向陛下细陈时局，
	就中涉及法国诸多事宜。
伊利	这许诺被接受了吗，大人？
坎特伯雷	陛下欣然接受，但时间仓促，
	忙于急务，未听我详叙。
	他承袭几个公国之权，
	完全无可争议，
	他也有权问鼎法国王位，
	因为他的身份
	是爱德华[1]之曾孙。

1　指爱德华三世（Edward III）。

伊利	什么事情如此紧急，打断你们会谈？
坎特伯雷	其时法国大使求见陛下。
	我想此刻陛下正在垂听。
	现在四点钟了吗？
伊利	是啊。
坎特伯雷	我们进去听大使来意，
	不过未听他开口，
	我就猜中他所言。
伊利	我陪您同去吧，我也想听哩。 同下

第二场 / 景同前

国王亨利五世、格洛斯特公爵汉弗莱、贝德福德、克拉伦斯、沃里克、威斯特摩兰、埃克塞特及众侍从上

亨利五世	坎特伯雷大主教在哪里？
埃克塞特	他此刻不在御前。
亨利五世	宣他来见，叔叔。
威斯特摩兰	召大使进宫吗，陛下？
亨利五世	且慢，贤兄。
	关乎我们和法国的大事，
	正煞费神思，决策后再召大使。
两主教上	
坎特伯雷	愿上帝和天使护佑圣上御座，

愿陛下长享江山万世之安泰！

亨利五世　谢您吉言，博学大主教。

请您以公正之心、严谨精神，

为我们解释一番。

按法国的萨利克法，

我们有无继承权。

您的解释不可牵强，

或虚造名分与实相违，

以致您灵魂负罪，

因主教出言激人奋进，

多少当今好男儿，

将为此喋血捐躯，

所以您之言语须慎重。

您以我们的生命押注，

惊动我们的沉睡干戈；

我以上帝的名义令您

慎之又慎，三思而言，

因如此两大王国开战，

必然使天下生灵涂炭，

一滴无辜血一声悲号，

哀叹衅刀兵者祸苍生。

秉此庄严诉求，说吧，

大主教，我们要倾听、

关注并深信您之所言，

出自您的纯洁的良心，

如经洗礼涤净了罪孽。

坎特伯雷　且听我言，圣上圣明，诸公众卿。

陛下拥法国王权，别无滞碍，
唯法拉蒙[1]传留一法典：
"*In terram Salicam mulieres ne succedant.*"[2]
"女人在萨利克族无继承权。"
而法国人把萨利克族之地，
非法曲解为法国所有，
认为法拉蒙乃立此法禁女权之先祖。
但他们的史家坦承此地在德国境内，
位于萨拉河与易北河之间，
当年查理大帝兴兵，
征服了撒克逊人之后，
一些法国人留住此地，
蔑视德国女人行不端，
所以特立此法以限制，
即萨利克族女人无继承权——
如我所言此区域地处
萨拉河与易北河之间，
现今此地在德国境内，
地名已变，称为迈森。
显然萨利克继承法之立，
并非为了在法国推行，
而直到法拉蒙王死后，
又过了四百二十一年，
法国人才把萨利克之地占据，

1　法拉蒙（Pharamond）为传说中法国的国王。
2　此句为法语。——译者附注

人们愚以为他立此法，

但他死于四百二十六年，

而八百〇五年，查理大帝征服撒克逊人，

划萨拉河一片入法境。

他们自己的史官也说，

丕平王 [1] 废希尔德里克王 [2]，

他是克罗退尔的女儿

白莉蒂尔之普通子嗣，

竟有资格承袭法王位。

于格·卡佩 [3] 也是如法炮制，

篡洛林公爵查理之位，

自称林贾尔夫人之子，

实则有欺世盗名之嫌，

虚名不正，于史无据。

林贾尔夫人系出名门，

乃是查理二世之女，

查理二世乃路易王之子，

路易王又为查理大帝之子；

可见唯洛林公爵查理，

乃是查理大帝之正宗。

还有路易十世 [4] 也如此。

1　丕平王（King Pepin）：即丕平三世。法兰克人加洛林王朝第一位国王，查理大帝之父。——
　　译者附注

2　希尔德里克王（King Childeric）：即希尔德里克三世。墨洛温王朝末代国王。——译者附注

3　于格·卡佩（Hugh Capet）：法国卡佩王朝十四个直系国王中的第一个。——译者附注

4　此处谬误，根据霍林谢德的《编年史》，即莎士比亚作品的取材来源，此处应为 13 世纪法国的
　　国王路易九世（Louis IX）。

作为篡位者卡佩之独子称王难安，
后查明谱系才放心。祖母伊莎贝尔、
那漂亮的王后，乃是
爱芒贾尔夫人的女儿，
夫人即洛林公爵之女。
联姻将查理帝的血脉，
同法国的王冠重相连。
其如夏天阳光之昭昭，
丕平称王，卡佩夺位，
路易凭谱系安然登基，
全都依仗母系之名分；
法国王位传袭至今，
他们捧出萨利克继承法，
夺陛下的母系承袭权，
藏身网中，欲盖弥彰，
不愿承认他们的名位
窃自于您和您的父辈。

亨利五世　我提出继承权合法正当吗？

坎特伯雷　一切由我担待，威临天下的王上！
《民数记》上这样写道：
人死后，其遗产传其女。
我主英明，护卫己之权，
挥舞您的血红的旗帜吧，
回首列祖列宗的辉煌吧。
威仪凛然的陛下，去吧，

到您的曾祖父 [1] 的陵前，

他予您继承之名分，吁他威灵再显，

再到您的叔祖墓前去吧，

黑王子爱德华曾制服法军，[2]

其时父王立山头观战，

看狮王幼崽践踏法国贵族的血迹。

啊，高贵的英国人，

以你们的一半人马，

足可对付法军全部精锐，

让剩下的一半袖手谈笑，

全无事可干，闲得发冷！

伊利　　　铭记勇武的先祖，蹈袭其勋绩。

您承继祖业，高居王座，

血脉高贵，且勇气可嘉，

皆秉承德高望重之先祖，

我主正当韶华，如五月之晨光，

勇猛倍于常人，正可大干事业，

建赫赫之伟绩。

埃克塞特　兄弟邻邦的国君们，

皆期望您奋发有为，

如先辈之雄狮振威。

威斯特摩兰　天下皆知陛下有理有力有势，

王上可谓无物不备无所不有。

1　指爱德华三世。

2　公元 1346 年，爱德华三世将军队指挥权交与长子黑王子（Black Prince），后英军大败法军于克雷西（Crécy）。

当今英国贵族之富历朝不及，

臣民效忠陛下之心坚贞不贰，

虽然身尚在英国，心已驰法国战场。

坎特伯雷 陛下圣明，让他们亲身前往吧！

以热血刀剑赢您的权利，

为襄助此事，我等教士，

要为陛下募集一笔巨资，

远胜教士历来任何一项

捐奉于您的祖辈的贡银。

亨利五世 我们不仅须征讨法国人，

还须部署兵力防苏格兰，

因为他们会趁此机会，

举兵来犯我疆土。

坎特伯雷 启禀陛下，北部边境将士，

将会筑起一堵铁壁铜墙，

足可以抵挡边匪的侵扰。

亨利五世 我并非仅仅担心

流寇盗匪作乱，

我所忧心之事，

乃苏格兰人的居心，

他们一直是我们的恶邻。

您读史即知：我的曾祖，

每当他挂帅征讨法国，

苏格兰即倾巢出动来犯，

势如江河滔滔决堤之水，

趁我防守单薄攻城略地，

国内一时空虚的英格兰，

直面强邻，唯战战兢兢。

坎特伯雷　她只是虚惊一场而无损伤，

且听她自己诉说的历史吧。

当她的全部兵将远在法国，

她成了贵族们的哀伤寡妇，

却能独立支持，护卫自身，

而且还擒获了苏格兰国王，[1]

拘押他像一条野狗到法国，

以被虏之王为爱德华增光，

歌功颂德，英名彪炳史册，

誉满天下如沉海的珠宝，

璀璨无尽，价值难估量。

伊利　可是有一句老话说得好：[2]

"如果你要战胜法国，

势必先从苏格兰开始。"

一旦英格兰鹰出巢觅食，

苏格兰鼬鼠就乘虚而入，

偷食英王室之珍馐玉馔，

猫不在场，则耗子称王，

食之不尽，也损之毁之。

埃克塞特　于是猫必须在家守门户，

然而这种必要，

1　苏格兰国王大卫二世（David II）于 1346 年遭英军俘虏，其时爱德华三世在法国，但事实上大卫二世并未被押到法国。

2　在对开本里，此话为伊利所说，但众多编者以为是威斯特摩兰所言，后者在莎士比亚作品取材的编年史里说过类似的话（难道主教会顶撞他的上司大主教吗？）。

其实并不必要，
因我们的家财重重上锁，
并巧设机关，
以捕捉蟊贼。
外有兵将为国征战沙场，
内有良臣贤士谋划国是，
上下一心如奏天籁妙曲，
音有高低却一派和谐。

坎特伯雷　所以天赋予人
以各种功能，
相互协同一致，
而持之以恒，
目标既已定，
服从听命而行，
如蜜蜂这天性有序的生物，
以规矩之道，
晓示人伦之邦。
蜜蜂之国有国王和文武百官，
有些如各级官员，掌治于内，
有些如经商之流，闯荡天涯，
余者身带蜂刺，如兵丁持戈，
大肆掠取夏之葳蕤花蕾芬芳，
欣喜载途，运掳物班师回朝，
奉与帏幄中君临天下的帝王，
他忙于巡视哼歌而劳的工匠，
把他的黄金屋宇造得怎么样，
顺民们忙碌为他把甜蜜酿造，

可怜的运工们把沉重的财货，
络绎地扛进帝王的窄门深宫，
而那铁面的法官哼一声威严，
把打哈欠的懒雄蜂处以极刑，
死在无情的刀斧手的屠刀下。
这就是我的结论：共谋大事，
方法可不同，
正如万箭齐发，
皆向靶心，条条道路通一城，
众水入海，日晷之线聚于心，
万事备，目标一，其成可期。
所以出师法国吧，陛下，
将您的快乐英格兰分为四，
您率四分之一前往法国，
所向披靡，威震高卢之敌。
假如凭着四分之三的力量，
我们防不住野狗来犯家门，
那我们只有在惶恐中度日，
国威扫地，丧失一世英名。

亨利五世　传法国王太子的信差觐见。　　　　　　　　　　　　　　若干侍从下
我们毫不迟疑，毅然决然，
上天助我，众卿鼎力助我，
法国既属我，它必臣服，
否则我定要叫它灰飞烟灭。
要么我们为王高坐法国，
辖制其广土和公爵的领地，
领地之大，辽阔几如王国；

要么我们埋骨那荒山秃岭，
无坟无墓，无声无息无名。
要么历史大书特书颂我等，
要么我们的坟前冷落凄清，
连一行淡漠的墓志铭也无，
哑然无语，如土耳其奴仆。[1]

法国大使上

我们正恭候王太子的见教，
听说你们为太子所遣而非王命。

大使甲 不知陛下是否恩准我们，
尽职尽责，以恪尽使命，
或者我们从简行事而已，
略述太子之意以了公干。

亨利五世 我不是暴君，乃基督国王，
其七情六欲有节有制有控，
如囚歹徒于狱中令其就范。
所以开诚布公，畅所欲言，
告诉我们王太子所思所想。

大使甲 既然如此，我要言不烦相告：
陛下最近派使节到法国，
以先帝爱德华三世的名义，
要我们割让几个公爵领地。
对此我主王太子有言在此，
说你太天真太稚气不懂事，
奉劝你切勿存非分之想，

---

1 据说土耳其奴仆如后宫的阉人侍卫，为防其泄密，割去其舌。

得法国之物非跳舞之易。
你花天酒地难进公爵领地。
所以他特地送你这箱珍宝，（呈上一箱子）
更合你的胃口更投你所好；
希望就此断了你领地奢想，
勿再唠叨。此乃太子之言。

亨利五世　　是什么宝贝，王叔？
埃克塞特　　（看箱内）几个网球，陛下。
亨利五世　　我很高兴太子如此饶有风趣，
更感谢他的厚礼与诸位的辛劳。
一旦我们的球拍配好这几个球，
我们必将前往法国去打一局，
定将他的老王的皇冠打落在地。
告诉他吧，他交了一个死对头，
全法国将变成骚乱的网球场。
他的叵测之心，
我看得很分明，
竟嘲弄我年少轻狂的荒诞岁月，
枉然无知那段光阴我并未虚掷。
那时我视英格兰王位不足重轻，
远离宫廷浪迹天涯，寻欢作乐，
离家无羁绊之快活，人之常情。
告诉太子我一旦踞有法国王位，
我将以帝王之威仪权势临天下。
胸藏大志，我默默韬光养晦，
如凡人终日劳作，勤苦营生，
而我将由此升起，光焰炬天，

煌煌然照得全法国睁不开眼，
哈，王太子望我们一眼就瞎。
告诉快活的太子他这一嘲弄，
已将他送来的网球变为炮弹，
他的灵魂将在复仇中被熬煎，
因为复仇将与弹丸轰隆齐飞，
而王太子的这一嘲弄之轻妄，
将弄掉无数丈夫而大造寡妇；
还将弄掉母之子，弄坍城池，
尚未成胎之命腹中待生之子，
将都有理由诅咒太子的轻狂。
可是这一切取决于上帝之意，
我祈求上帝，以上帝的名义，
着你告知王太子我即刻就到，
以我之力雪恨，建一番功业，
堂堂正正之举，神圣之使命。
所以，你们平安打道回府吧，
告诉太子他的玩笑很是浅薄，
千万人为此而笑更为此而哭。
送他们平安上路吧。再会。　　　　　　　　　　　　　　**两大使下**

埃克塞特　　这是一个大快人心的口信啊。

亨利五世　　我希望送礼者[1]为之脸红。
诸位卿相，
切莫失此出兵良机，
除了法国，

1　送礼者指法国太子。——译者附注

此刻我们别无他念，
唯有上帝之思先于事业的考虑。
所以火速集结人马粮草和兵器，
万事谋划周全以丰满我军羽翼，
上帝助我将在太子老父的门前，
把他狠狠教训。
大家尽心尽力，
掀起这场正义之战吧。 喇叭奏花腔。众人下

第二幕

致辞者上

致辞者　　　　如今全英国的青年，

皆急于奔赴疆场，

锦衣华服置箱底，

戎装最为时尚，

个个好男儿，

胸怀从戎报国志向。

卖牧场买骏马，

以英国神差 [1] 之迅，

脚下添翼，

追随基督国君之翘楚 [2]。

如今的英国，

举国上下满怀期待，

剑锋隐藏，

皇冠王冕及大小官帽，

可望加戴于哈利及其追随者之顶。

法国人消息灵，知英军强势而来，

惶恐而计穷以图扰乱英人的目标。

啊，英格兰！您伟大心胸的化身，

内圣而外王，体小却怀雄心壮志，

如果您的子孙都仁爱孝贤而高尚，

1　指罗马神话中的信使墨丘利（Mercury），其脚下生翼，行如飞，专为天神传书。

2　指亨利五世。——译者附注

为了荣誉，您可以成就多少伟业？
然而法国在您身上发现了瑕疵，
看呀，收罗了一伙心胸空虚之徒，
用邪恶的金币填满了他们的欲壑，
三个见利忘义的贼人，第一个是
剑桥的理查伯爵，第二个家伙是
马瑟姆的亨利·斯克鲁普勋爵，第三
是托马斯·葛雷，诺森伯兰的爵士。
贪法国的重金——重罪啊！——
他们同惊恐的法国共谋圣王[1]之命，
在他登舟去法国前身在南安普敦[2]时，
如魔鬼与叛逆得逞，他们亲手弑君。
各位耐心一点，我们将把距离缩短，[3]
把一出戏凑满。钱已付，叛徒议定，
国王已从伦敦出发，现在场景转移，
先生们，搬到南安普敦，剧院也搬去，
各位须安坐，我将你们安全地送走，
送到法国再送回来，我施展魔力，
让你们轻轻松松飘过这狭窄的海峡[4]，
我尽可能不让任何看戏人晕船反胃。
可是在国王出场前，我们原地不动，
等他驾到后，我们才转景到南安普敦。

下

---

1 指亨利五世。
2 南安普敦（Southampton）：英国南海岸一港口。
3 在一出剧中，地点变动是违反传统戏剧的"三一律"原则的。
4 指英吉利海峡。——译者附注

第一场　/　第二景

伦敦，具体地点不详，或在一条街上

尼姆[1]下士与巴道夫中尉上

巴道夫	幸会，尼姆下士。
尼姆	早安，巴道夫中尉。
巴道夫	怎么，旗官毕斯托尔[2]同你成了朋友啦？
尼姆	我这方面，我无所谓。我本来就不爱说话，可是该笑的时候，我也笑一笑——但要顺其自然。我不敢厮杀，但我会两眼一闭把我的铁家伙伸出去。这很简单，有什么了不起的？我的剑可以用来烘奶酪，它同任何男人的剑一样不怕冷，就这么回事。
巴道夫	我愿意做东请你们吃早饭，联络感情，成为朋友，我们三人结拜为兄弟，一起到法国去。就这么办吧，尼姆下士。
尼姆	确实，我能活多久就要活多久，毫无疑问。哪天我活不下去了，就一了百了。这是我的最后一张牌，最后一着。
巴道夫	确实，下士，耐尔·奎克莉嫁给了他，肯定是她负了你，因为你同她早就订了婚的啊。
尼姆	我说不清楚。该怎么办就怎么办。人可要睡觉的，睡觉的时候脖子还好端端的，有人说刀子是有锋芒的。该怎么办就怎么办。虽然耐心是一匹累了的母马，她还得勉力前行。事情必定有个了结。嗨，我说不清楚。[3]

1　尼姆（Nym）的名字在英文中意为"做贼"、"偷窃"。

2　毕斯托尔（Pistol）的名字在英文中音近 pizzle，有"阴茎"的含义。

3　这里尼姆暗示他终要向毕斯托尔报复。

毕斯托尔与老板娘奎克莉上

巴道夫	毕斯托尔旗官同他的太太来啦。下士，好人，这会儿忍着点。——怎么样，开店的毕斯托尔？
毕斯托尔	杂种，你叫我开店的？哼，凭我这只手起誓， 我最恨这称呼，我的耐儿[1]也不招客了。
老板娘奎克莉	不招客啦，确实，很快就不招客了。我们留宿十多个良家妇女，她们靠做针线活老老实实过日子，可是人家以为我们在开窑子。（尼姆和毕斯托尔拔剑）啊，天哪，圣母呀，如果他不把家伙拔出来的话，有人就要在这儿通奸杀人啦。[2]
巴道夫	中尉啊，下士啊，大家好自为之，不要在此动手。
尼姆	呸！
毕斯托尔	呸你，哈巴狗！尖耳朵狗！
老板娘奎克莉	尼姆下士，好样的，好体面，把剑收起来吧。
	（二人插剑入鞘）
尼姆	你愿跟我走吗？我想同你单独在一起。
毕斯托尔	什么"单独"，恶狗？啊，毒蛇！ 你这张最叫人吃惊的脸才"单独"， 你的牙齿、你的喉咙才"单独"， 你那恶肺、你的肠胃，我的天哪， 也"单独"，最恶心的是你的臭嘴！ 我能对付你肠肝肚肺里的"单独"， 我毕斯托尔的家伙已挺立起来啦，

---

1 "耐儿"即其妻奎克莉。——译者附注
2 "他"指其夫毕斯托尔，"拔家伙"有性暗示。——译者附注

火光一闪，马上就要发射出来咯。[1]

尼姆　　　　我可不是巴巴松[2]，你的咒语降伏不了我。如果我有心情的话，我可以把你收拾得心服口服。如果你嘴上无德，毕斯托尔，我只消轻剑一挥，就堂堂正正地把你结果了。如果你愿意同我交手，我会公平合理地把你的五脏六腑捅那么一点点，那才精彩。

毕斯托尔　　啊，说大话的狂妄东西！

坟墓已经张口等你，

死到临头，拔剑吧！（二人再次拔剑）

巴道夫　　　（拔剑）听我说，听我一句忠告：哪个先出手，我就一剑刺他个里外通透，我是军人无戏言。（二人插剑入鞘）

毕斯托尔　　这是一句狠话，足可消人怒气。——

（对尼姆）把你的手伸给我，你的前爪。

你的胆量真大啊。

尼姆　　　　我要割断你的喉咙，那是迟早的事，干得光明正大，那才精彩。

毕斯托尔　　"割断喉咙！"[3]

一句话而已，我再次蔑视你。

啊，毛毛狗，想抢我的娘子？

休想，快到医院去，

从蒸汽澡盆里，[4]

1　原文有强烈的性暗示，并一语双关，毕斯托尔的英文名字 Pistol 意为"手枪"，故曰"发射"（fire）。——译者附注
2　巴巴松（Barbason）：一魔鬼之名。
3　原文为法语（Couple a gorge!）。
4　当时洗蒸汽澡以治疗性病，故有此说。

　　　　　找一个像克瑞西达的麻风女，[1]
　　　　　她的芳名叫桃儿·贴席[2]，你娶她吧。
　　　　　原来的奎克莉[3]，我已娶为妻，
　　　　　将不弃不离，她是天下唯一。
　　　　　要言不烦，何须啰唆。

侍童[4]上

侍童　　　我的毕斯托尔店主，你得来看看我的老爷呀，还有你，
　　　　　老板娘，他得大病啦，快倒床啦。——好人巴道夫，把
　　　　　你的脸伸进他的被窝里，像暖炉一样暖和暖和他吧。[5]说
　　　　　真的，他病得要死啦。

巴道夫　　滚开，小流氓！

老板娘奎克莉　毫无疑问，他马上就会成乌鸦的点心。[6]国王已经杀死了
　　　　　他的心呀。[7]好丈夫，快回家啊。　　　　老板娘与侍童下

巴道夫　　看我薄面，言归于好吧。
　　　　　我们必须共赴法国，为何相视如仇？

毕斯托尔　让洪水滔天，魔鬼饿嚎吧！

尼姆　　　你欠我八先令的赌账该还了吧？

毕斯托尔　贱奴才欠账还钱哩。

1　在古典传说中，克瑞西达（Cressida）为特洛伊罗斯（Troilus，特洛伊国王之子）不忠的情
　人，而在罗伯特·亨利森（Robert Henryson）的道德寓言诗《克瑞西达的遗嘱》（*Testament
　of Cressid*）中，克瑞西达患有麻风病。
2　"桃儿（Doll）"是当时常见的妓女的称谓，"贴席（Tearsheet）"亦有"性活动"的含义。
3　婚后妻随夫姓，故言"原来的奎克莉"。
4　指福斯塔夫的童仆。——译者附注
5　巴道夫因嗜饮而脸常呈火红色，故童仆如是说。
6　乌鸦食尸肉，以此喻死。
7　亨利五世登基为王时，福斯塔夫和从前的一伙浪友立即失宠（见《亨利四世》下篇第五幕第
　五场）。

尼姆	我现在就要你还钱，这可是正事。
毕斯托尔	男子汉以勇取胜。接招。（二人拔剑）
巴道夫	凭我手中这把剑发誓，谁先动武，我就宰他。以剑起誓，我说到做到。
毕斯托尔	（插剑入鞘）以剑赌咒，此咒必应。
巴道夫	尼姆下士，如果你愿意同我交个朋友，我们就成朋友；如果你不情愿，我们也不妨做对头。请你收剑吧。
毕斯托尔	还你一枚金币[1]，立即付给你， 再请你喝酒，情谊重如兄弟， 我为尼姆活，尼姆为我而生， 这样岂不天公地道？ 我将做军需商， 财源必定兴旺。 把手伸给我吧。
尼姆	你要还给我金币吗？
毕斯托尔	现金付还，分文不少。
尼姆	那好啊，这才够意思。

老板娘奎克莉上

老板娘奎克莉	你们都是父母生养的，快去看看约翰爵士吧。啊，可怜的人！他害的是伤寒，高烧发抖。好人们啊，快去看看他吧。

下

尼姆	王上对爵士大发脾气，把他吓坏了，实情如此而已。
毕斯托尔	尼姆，你说对了， 他的心碎了硬了[2]。

1　一个金币（noble）相当于六先令八便士。

2　"硬了"原文为corroborate，有"加强"之义，可能是毕斯托尔的口误，本来想表达相反的意思。

尼姆	国王倒是个好国王，可是情不自禁，也有脾气呀。
毕斯托尔	我们去安慰安慰爵士吧，因为我们这些小羊羔还得继续活下去啊。[1]

众人下

第二场 / 第三景

南安普敦（英格兰南部海岸一港市）
埃克塞特、贝德福德与威斯特摩兰上

贝德福德	上帝在上，陛下居然轻信这伙卖国贼。
埃克塞特	最终他们难逃法网。
威斯特摩兰	他们显得多么从容自若， 似乎满怀忠诚不贰之情， 一心报国，效命于王上。
贝德福德	王上已知道他们的图谋， 他们做梦也没想到信被截获。
埃克塞特	而那个人正是王上的密友， 恩宠重重，腻了他的胃口， 以至贪图异国之财[2]而叛君， 机关算尽，欲害王上性命。（号角齐鸣）

亨利五世、斯克鲁普、剑桥、葛雷及众侍从上

1　在基督徒眼里，世人都是上帝的羊羔，故有此语。——译者附注
2　此处指法国人的钱财。

亨利五世	趁此好风，我们上船吧。——
	剑桥伯爵、马瑟姆勋爵，
	还有您，高贵的爵士，
	我愿闻听各位的高见。
	你们认为我们的军力，
	足以击破法国之劲旅，
	完成远征使命，不枉此行吗？
斯克鲁普	无可置疑，陛下，只要人人各尽其力。
亨利五世	对此我深信不疑，
	因为我坚信，
	随我出征者，
	皆同心同德；留守国内者，
	无不冀我军，凯旋而归返。
剑桥	试看普天之下君王之中，
	绝无比陛下更受爱戴者，
	您的德政荫庇下的臣民，
	无怨诽之言无委屈之事。
葛雷	确实如此，连先王的宿敌，
	如今也冰释旧恨为您效力，
	尽忠职守，热血满腔事君。
亨利五世	对他们我是铭感在心，
	即使我忘记如何用手，
	也不会忘记，
	论功赏赐他们。
斯克鲁普	于是为您效劳者臂坚如钢铁，
	心怀希望而不觉艰辛之为苦，
	效忠陛下，一生一世不懈怠。

亨利五世	我也这样认为。——
	埃克塞特王叔,
	把昨天羁押的那人释放了吧,
	我觉得他的放肆是酒后失言,
	既然酒醒知过,那就饶了他。
斯克鲁普	陛下仁慈,但太过宽容。
	陛下,惩办他以儆效尤,
	以防恶例为范谬种流传。
亨利五世	啊,我们还是以仁慈为念吧。
剑桥	陛下不妨宽严相济。
葛雷	陛下,惩戒之后,
	且饶他一命,
	更显示您慈悲胸怀之博大。
亨利五世	唉唉,你们爱我至深至切,
	以致对这个可怜人太严苛!
	如连无意的小过也不忽视,
	一旦精心策划的重罪出现,
	我们将要把眼睛瞪多大呢?——
	还是放了那人,尽管剑桥、
	斯克鲁普和葛雷诸位贤卿,
	出于爱我护我而要惩处他。——
	现在来商议法国战事吧:
	谁是新近就任的执政大臣[1]?
剑桥	我是其中之一,陛下。
	陛下令臣今日请命。

---

1 执政大臣(commissioners):指国王出征国外期间,代理他处理政务的几位重臣。

斯克鲁普	陛下也着臣如此。
葛雷	还有我，圣上。
亨利五世	（递与他们每人一文件）

剑桥伯爵理查，这是你的委任状。——
斯克鲁普勋爵，这一份是你的。——
葛雷爵士，你也有一份。
各位细看，便知道
我视你们身价几何。——
威斯特摩兰伯爵、埃克塞特王叔，
我们今夜登舟。——
怎么啦，贤卿？你们在公文上，
看到的是什么，以至面无人色？——
你看他们骤变，容颜惨白如纸。——
你们看见什么，吓得脸上血气尽散？

剑桥　我知我罪，
乞施王恩。

葛雷和斯克鲁普　乞陛下恕罪。

亨利五世　我本有一颗慈悲向善之心，
但被你们刚才的谏言灭杀。
如知羞耻，你们休言慈悲，
你们自己的论调自作自受，
如犬反伤其主，自哀自痛。——
你们看哪，这伙英格兰的妖孽。
这个剑桥伯爵，诸位知道，
我待他甚厚，荣宠加其身，
尊享所有与地位相当之禄；
而此人为金币与法国人为奸，

誓言要在南安普敦将我杀害。
这个爵士[1]受王恩不亚剑桥，
也合谋弑君。——啊，斯克鲁普勋爵，
你这凶残歹毒、忘恩负义、
丧尽人性禽兽不如的东西，
我该用什么言辞数落你呢？
我的一切秘密尽在你手中，
你知道我的心思我的底细，
只要你搞阴谋，卖主求荣，
你可以把我铸成你的金币。
难道异国收买你如此彻底，
以致你作恶务尽不留余地，
连伤害我的手指之恶也为？
太令人难以置信不可思议，
以至事实已如黑白分明，
我却依然视而不见不信。
叛逆和谋杀从来相勾连，
如两妖合一，二恶为害，
公然作祟，邪道之必然，
本不值得我们大惊小怪。
而你却悖反自然之常理，
让叛逆和谋杀成为奇迹；
这恶魔如此狡黠蛊惑你，
荒谬绝伦，为地狱之最。
别的恶魔诱人反叛不轨，

1　指葛雷爵士。

皆以形色为表掩饰行径，
并以虔诚为闪亮的幌子。
而此恶魔调教你谋反叛，
却未给予你叛国的原委，
除非封你为逆贼是理由。
如果这恶魔诱惑你之后，
大摇大摆周游了全世界，
回到冥冥地府群魔之中，
说，"骗天下人之灵魂难，
骗这个英国人的灵魂易。"
啊，你让信任感染疑虑！
此人看起来忠心耿耿吗？
嗨，你看上去就是如此。
此人显得正经而博学吗？
嗨，你看上去就是如此。
此人出身于名门望族吗？
嗨，你的出身就是如此。
此人笃信宗教且虔诚吗？
嗨，你看上去就是如此。
此人食饮不贪而节俭吗？
不纵情不耽乐不动怒吗？
处世从容不意气用事吗？
温文尔雅有谦谦之风吗？
不偏听偏信三思而行吗？
你外表正是这样的人杰，
你的堕落令天下贤德者，
背负污名，蒙羞而毁誉。

我悲哀，你的反叛如人类再次堕落。[1]

——（对埃克塞特）此三人罪行昭著，

逮捕他们，按国法制裁。

愿上帝宽恕他们的反罪。

埃克塞特　　我以叛国重罪逮捕你，剑桥的理查伯爵。——我以叛国
重罪逮捕你，马瑟姆的亨利·斯克鲁普勋爵。——我以
叛国重罪逮捕你，诺森伯兰的托马斯·葛雷爵士。

斯克鲁普　　上帝正义，我们的阴谋败露，

我罪孽深重，死有余辜，

乞请陛下宽恕我的罪过，

尽管我之命赔了我之罪。

剑桥　　　　我并非受法国金银诱惑，

虽然我承认这是一个动机，

促使我立即实施我的谋图。[2]

幸亏上帝阻止了此举得逞，

我罪有应得，谨伏服天意，

唯求上帝和你恕我之罪过。

葛雷　　　　对于最凶险的叛国罪被揭露，

我被阻止实施这万恶的阴谋，

我比忠心的臣民更为此欢欣。

不饶我的命，

宽恕我的罪过吧，陛下。

亨利五世　　愿大慈大悲的上帝宽恕你们！

听着，这是对你们的判决：

1　亚当和夏娃偷吃禁果被上帝逐出伊甸园被视为人类的第一次堕落。

2　剑桥的主要图谋是拥埃德蒙·摩提默（Edmund Mortimer）为王。

你们里通敌国，收贿谋反，
策划弑杀君王，卖主求荣，
亲王臣僚受辱，如阶下囚，
平民百姓，任由外族欺凌，
毁我社稷，断送王国江山。
就个人而言，我无意报复，
然国家为重，你们欲毁之，
我就将你们交由国法处治。
去吧，可怜虫，去受死吧！
愿仁慈的上帝给你们耐性，
以便慢慢品尝死亡的滋味，
从而真心忏悔你们的罪过！
——将他们押下去！——　剑桥、斯克鲁普与葛雷被押下
好啦，众卿，进军法国，
于我于你们，这同样荣耀。
我毫不怀疑此战正义必胜，
因上帝已助我揭发了叛谋，
道路既已扫清，出师必顺。
我毫不怀疑一切障碍皆除，
亲爱的同胞们，踏上征程。
让我们把军队交上帝之手，
立即行动吧。
举战旗向前，
士气昂扬，扬帆出海吧。
不在法国称霸，
休做英格兰之王。　　　　　喇叭奏花腔。众人下

第三场 / 第四景

伦敦，具体地点不详，或在一条街上

毕斯托尔、尼姆、巴道夫、侍童与老板娘奎克莉上

老板娘奎克莉 求您哪，我的心肝宝贝好丈夫，让我一路陪您去斯泰恩斯[1]吧。

毕斯托尔 别远送啦，大丈夫的心也愁别。

巴道夫，快活点；尼姆，振作精神；

鼓起勇气吧，孩子，

我们要哀伤福斯塔夫之死。

巴道夫 唯愿我与他同在，无论他在哪儿，天堂或者地狱。

老板娘奎克莉 不，他肯定不在地狱里，他在亚瑟[2]的怀抱里，如果人能上天堂投入亚瑟的怀抱的话。没有人的临终比他了结得更好，他走得像一个未满月的婴儿。他刚好在十二点和一点之间断气，恰在潮涨潮落之间。我看见他在床单上摸索，弄那些花[3]，对着自己的指头笑，我就知道他黄泉路近了，因为他的鼻尖发白，就像绿色的赌盘上的一枝羽毛笔。"如何，约翰爵士？"我问道，"怎么样啦，男子汉？振作起来吧。"于是他叫起来："上帝呀，上帝呀，上帝呀！"叫了三四遍。这时，为了安慰他，我要他不要去想上帝，希望他不必操这份心。于是他叫我在他的脚上多盖些被子。我把手伸进被子里，摸他的脚，发现他

---

1 斯泰恩斯（Staines）：伦敦以西十七英里一城镇，去南安普敦路经之地。

2 "亚瑟（Arthur）"为"亚伯拉罕（Abraham）"的近音之误。

3 这些花用于使病房空气清新。

	的双脚冰冷如石头。我摸到他的膝盖，再往上摸，再往上，整个人都冷得像石头。
尼姆	有人说他大骂萨克酒[1]。
老板娘奎克莉	唉，他骂了。
巴道夫	还骂女人。
老板娘奎克莉	不，没骂女人。
侍童	对，他骂女人，说女人是魔鬼的化身。
老板娘奎克莉	他从来都不喜欢康乃馨，他讨厌那种颜色。[2]
侍童	他说过，魔鬼会为了女人的缘故要他的命。
老板娘奎克莉	谈起女人，他的确说过这样的话，可是他那时已经疯疯癫癫的[3]，大谈巴比伦的妓女如何如何。
侍童	你还记得吗，他看见巴道夫的鼻子上有一个跳蚤，就说那是一个黑色的灵魂在地狱的烈火里熬炼。[4]
巴道夫	咳，而今烧起这堆火的燃料已尽——我跟随他这么多年就得到这点好处。[5]
尼姆	我们该动身了吧？王上要从南安普敦出发了。
毕斯托尔	好啦，我们走吧。——亲爱的， 让我吻你。（吻她）把家财看紧。 遇事多个心眼动脑筋。 这世界只认钱，交易见现金。 人不可信，诺言如草，

1　萨克酒（sack）：一种西班牙白葡萄酒。
2　奎克莉把"化身（incarnation）"和"康乃馨（carnation）"两个词混淆了。——译者附注
3　此处原文为 rheumatic（风湿病的），奎克莉把这个词同"疯疯癫癫的（lunatic）"混淆了。另，rheumatic 音近 Rome-atic，于是又引出了"巴比伦（Babylon）"。
4　巴道夫的鼻子因嗜酒而火红，故有此语。
5　此句中的"燃料"指福斯塔夫生前请巴道夫喝的酒。

男人发誓，轻如薄饼，

抓牢持稳，钳赛过钉。

宝贝切记："慎言慎行勿轻信。"[1]

临别休哭，杀向法国。

像群大蚂蟥去吸血，猛吸啊！

侍童　　　有人说，吸血不健康。

毕斯托尔　　亲亲她的芳唇，即上征程。

巴道夫　　（吻她）别了，老板娘。

尼姆　　　我亲不了这个嘴，这正是妙处所在。不过，就此告别吧。

毕斯托尔　　操持家务，深居简出，严守妇道，这是我对你的临别诚言。

老板娘奎克莉　别了。再会。　　　　　　　　　　　　众人分头下

第四场　　／　　第五景

法国宫廷，位于法国北部之鲁昂

喇叭奏花腔。法王[2]、太子、贝里与布列塔尼公爵、法国大元帅及余上

法王　　　　英军倾巢出动来犯，

此一战必生死攸关，

我们要举全力抗击。

贝里公爵、布列塔尼公爵、

1　原文为拉丁语（Caveto）。
2　即查理六世。

布拉班特公爵和奥尔良公爵，

你们即刻出发；

而太子，

你火速部署精兵，

加固城防工事，

英国人来者不善攻势凶猛，

如滔滔之水卷入漩涡之骤。

我们必须余悸在心而谨记

过去败绩的教训[1]：

低估英国人这个致命敌人。

太子　　德高望重的父王，

我们确应武力抗敌，

和平不应消磨斗志，

即使无战事和纷争，

也须强防务募兵丁，

常备不懈以应不测，

好像战祸已迫眉睫。

所以我们须倾全力，

巡视全法国各处，

以正弊端而补薄弱，

但切勿显怯懦畏惧——

无所畏惧于心于行，

仿佛听见英人狂舞，

以庆祝圣灵降临节[2]，

1　指克雷西之役（Crécy，1346 年）和普瓦捷之役（Poitiers，1356 年）中，法军败绩。

2　圣灵降临节（Whitsun），亦称五旬节，在复活节后的第七个礼拜天，人们跳传统的民间舞蹈来庆祝。

	陛下，英格兰王昏庸，
	虚荣浅薄，我们无须过虑。
大元帅	啊，太子之言差矣！
	您错看了当今的英王。
	殿下询问甫归的使节，
	便知英王接见他们时，
	仪态何等地庄重威严，
	朝臣济济，何等俊杰，
	纵执异议，何等谦虚，
	持守大节，何等决绝。
	他状如布鲁图[1]之表，
	以愚为外衣掩其心机，
	如园丁用肥料掩根须，
	将先发芽而为最秀美。
太子	并非如此，元帅大人。
	可这样认为，也无妨。
	事关国家疆土之安危，
	最好高估敌人之实力，
	以加强守备充实防务，
	如防卫弱而捉襟见肘，
	犹如吝啬之人，
	惜料而毁一衣。
法王	我们视哈利为强敌，全力抗击。
	他的父辈食我们的血肉，

---

1 布鲁图（Brutus）：古罗马贵族，佯装痴愚为父兄复仇，最后推翻了传说中的罗马第七代国王
  塔奎尼乌斯（高傲者）（Tarquinius Superbus）。

在我们的家园横行肆恣，
他承袭祖宗的嗜血本性。
当年克雷西之役败，国耻难忘，
我之全部臣僚作阶下囚，
被威尔士的黑太子俘虏，
他的黑色恶名叫爱德华，
其时其山地出身之老父，
正高站山顶金色日光中，
笑看勇武后辈涂炭生灵，
摧毁了历时二十年之久、
上帝和法国的父老们，
所造就的一代楷模精英。
此哈利秉承胜者之血脉，
我们要防他具天生威猛，
且得命运之宠吉星罩护。

一信差上

信差　　英王哈利遣来的使节，
　　　　求见陛下，望予恩准。
法王　　立刻召见他们。去吧，带他们来。　　　　　　　信差及余下
　　　　你们看吧，各位，真是步步紧逼啊。
太子　　猛回头以止追逼。
　　　　你跑得越快越远，
　　　　胆怯的狗越狂吠。
　　　　父王，当机立断，
　　　　奋起抗英，痛击顽敌，
　　　　叫他们见识您是一国之君。
　　　　陛下，比自卑，自负非恶德。

埃克塞特及余上

法王　　　　英格兰王兄派你来的吗？

埃克塞特　　他派遣我来，并问候陛下。

　　　　　　　以上帝之名，敦促你自行退位，

　　　　　　　卸下借来的王室隆誉，

　　　　　　　仰承天恩，皈依造化，

　　　　　　　循遵国法，所有荣耀——

　　　　　　　王位和依惯例传统，

　　　　　　　王位所拥有的尊荣——

　　　　　　　皆归属于他及其子嗣。

　　　　　　　便于你明白这一要求，

　　　　　　　既非不义、也不悖理，

　　　　　　　不是从逝岁的朽坟里，

　　　　　　　亦非在忘年的尘埃里，

　　　　　　　刨扒出他的这一主张，

　　　　　　　他送你这份王室宗谱，（递过一文件）

　　　　　　　支系悠远真确。你看明白，

　　　　　　　他是他的最显赫祖宗、

　　　　　　　爱德华三世嫡系后裔，

　　　　　　　命你交出王位和王国，

　　　　　　　你非法窃有之名之位，

　　　　　　　还与他这正统的传人。

法王　　　　若不如此，那又如何？

埃克塞特　　兵戎相见，即使你藏王冠于心，

　　　　　　　他也定要把它掏出来。

　　　　　　　他将如风暴袭来，撼地震天，

　　　　　　　如主神朱庇特之降临，

志在必得，先礼后兵，
且以慈悲为念，着你交出王冠，
以免开战端祸及苍生，
涂炭生灵，血染刀兵，
寡妇悲泪，孤儿啼鸣，
亡夫喋血，哀女断肠，
哭丈夫哭父亲哭郎君，
哭声震野，民怨冲宵，
声声斥责你祸国殃民。
这是他对你的要求和警示，
也是我带给你的口信——
如太子在此，我要专致问候。

法王　　就我而言，我会细加斟酌，
明天你将把我的全部意图，
带去回复我的英格兰王兄。

太子　　就太子而言，
我在此代表他。英格兰对他有何见教？

埃克塞特　　蔑视、鄙视、轻视之词，
凡不玷污我主身份之语，
就是他奉送给你的评价。
吾王有言：如你的父王，
不答应我们的全部要求，
以化解你对吾王的嘲弄，[1]
他将叫你为此加倍偿还，
他的炮声将响彻法国，

1　指前文法国使节送亨利五世网球以嘲弄他无能一事。——译者附注

	山谷回响斥你无礼冒犯,
	把你的嘲弄全回敬给你。
太子	即使父王答应,却与我愿相违,
	我愿望之最即同英作对,
	为达抗衡他的目的,
	我送他巴黎的网球,
	这正配他年少轻浮。
埃克塞特	他将叫巴黎的卢浮宫,
	为这一框网球而动摇,
	即使在强大的欧罗巴,
	卢浮宫号称王宫之王。
	如其臣民你会惊讶发现,
	他同年轻时相比判若两人。
	他惜时如金,一旦占领法国,
	你的败绩将告诉你他的巨变。
法王	明天你就知道我们的全部想法。(喇叭奏花腔)
埃克塞特	尽快让我们事毕而速返,
	以免王上亲临斥我拖怠,
	因他已经御驾降临此地。
法王	你们将很快被顺利遣返,
	要答复如此重大的问题,
	一夜晚不过恍然一瞬间。

喇叭奏花腔。众人下

第 三 幕

致辞者上

致辞者　　　　凭想象之翅，场景飞转。

连思想也难追赶。

想象目睹国王启程多佛尔港[1]，

战船雄姿迎初升太阳。

想象中船员攀帆索，

喧嚣声中船长哨声响，

发号施令待起航。

无形的风扬巨帆，

雄舸破浪驰大洋。

想象你站在海岸，

只见一城立巨浪，

船队直奔阿夫勒尔[2]。

紧跟，紧紧跟上，

系你乡思于船尾，

离英国如别静夜，

留下大爷和小孩，

还有大娘守卫它，

因其老弱或幼小。

只要下巴长须者，

1　多佛尔港（Dover pier）：英国南海岸一港口。莎士比亚似乎忘记了他前面提到的是南安普敦。

2　阿夫勒尔（Harfleur）：法国港口，位于塞纳河口。

谁不奔赴法兰西?
驰骋你的想象力,
亲见一场围城战:
炮指围城阿夫勒尔。
想象法兰西大使,
前来回禀哈利王:
法王答应将其女
凯瑟琳婚配与他,
几个公国作嫁妆,
地小而无利可收。
条件既令人不悦,
轮到矫捷的炮手,
点燃可怕的大炮,(警号。火炮发射)
将城池夷为平地。
请继续发挥想象,
补我等演出之阙。

下

第一场 / 第六景

法国北部的阿夫勒尔

亨利五世、埃克塞特、贝德福德与格洛斯特上。警号。众士兵上,架云梯于阿夫勒尔城墙

亨利五世 再次向突破口冲锋,亲爱的朋友们,

向突破口冲啊，否则英人之尸，
将把这城墙封堵围困。
和平时斯文谦卑，一旦战鼓响，
我们要学虎豹的行径，
鼓足勇气，热血沸腾，
收起善性，露出狰狞，
同仇敌忾，怒目圆睁，
眼如铜炮张口盯前方，
眉如危崖高悬势险峻，
下临大海惊涛击岸滨。
露出利齿，张大鼻孔，
憋一口大气绷紧神经。
冲啊冲啊，向前猛冲，
至高至贵的英格兰人，
传承善战父辈的热血，
父辈个个如亚历山大，[1]
曾在此鏖战把敌杀尽。
不要玷污你们的母亲，[2]
要证明你们呼为父者，
确确实实生养了你们。
为出身低微者立范吧，
教他们如何统兵打仗。
你们，好样的自由民，
在英格兰土地上成长，

---

1 亚历山大大帝曾叹息他已无敌可以征服了。
2 影射母亲同别的男人有染而生养了他们。

显示出你们的出身吧。

我发誓你们当之无愧，

我毫不怀疑，只因为，

你们之中无平庸之辈，

你们的目光闪烁高贵。

猛如猎犬，待命冲阵。

狩猎开始，以此精神，

高呼奋进："天佑哈利，

天佑英格兰和圣乔治[1]！"　　　警号。火炮发射。众人下

第二场　/　景同前

尼姆、巴道夫、毕斯托尔与侍童上

巴道夫　　　冲啊，冲啊，冲啊，冲啊，冲啊！向突破口冲，向突破
　　　　　　口冲！

尼姆　　　求求你，下士，喘口气吧；炮火太猛啦，我只有一条命
　　　　　　啊。问题的关键是炮火太猛，这是明摆着的事儿。

毕斯托尔　确实如此，鲜血流，弹丸飞，

　　　　　　上帝子民，倒地毙命，

　　　　　　（唱）

　　　　　　刀兵起落处，

1　圣乔治（Saint George）：英格兰的守护神。

	血肉漫染沙场， 赢万世名扬。
侍童	但愿我在伦敦的酒店里，我愿用我的一世英名换取一壶酒和平安。
毕斯托尔	而我， （唱） 如我所愿成真， 我就心想事成， 但我要急于远行。
侍童	（唱） 恰当，但不高尚， 恰如枝头的鸟儿， 在放声歌唱。

弗鲁爱林上

弗鲁爱林	（挥剑驱赶他们）往突破口冲啊，狗东西！快滚，混蛋！
毕斯托尔	发发善心吧，大爵爷， 可怜小民，息您大人之愤， 消消怒气吧，大爵爷！ 大发慈悲吧，大善人！
尼姆	天大的笑话！您大人把大家都得罪啦。　除侍童外众人下
侍童	我年纪虽小，却把这三个吹牛大王看得清清楚楚。我是他们三人的侍童，可是就算他们三个都来侍候我，也不够格；确实，三个这样的小丑加在一起也抵不上一个男子汉。巴道夫这个人，胆子小，红着脸，气势汹汹，其实不敢动手。毕斯托尔呢，利舌如刀，刀却无用，语言激烈，刀剑赋闲。至于尼姆，他听别人说寡言少语才是英雄汉，所以他不屑做祷告，以免被视为懦夫。他坏话

说得少，好事也做得少，因为他从来没有打破别人的头，只在喝醉的时候在柱子上撞破了他自己的头。他们什么都要偷，还称之为"战利品"。巴道夫偷过一个琴匣子，搬了三十六英里远，卖了一个半便士。尼姆和巴道夫是偷窃成性的兄弟伙，有一次，他们在加来[1]偷了一把煤铲。我知道，偷这种战利品要倒霉。他们要我像别人的手套或手帕那样熟悉别人的口袋，可是掏别人的口袋有辱我的男子汉气概。这分明是纳赃取辱。我必须离开他们，另寻好差事，他们的无赖行径简直叫我恶心，叫我作呕。

（下）

高厄与弗鲁爱林上

高厄 弗鲁爱林上尉，您必须马上下坑道[2]去，格洛斯特公爵要同您说话。

弗鲁爱林 到坑道里去？您给公爵说，那可不是好玩的，因为，您听着，这些坑道不是按作战的要求挖掘的，深度不够，而敌人那边掘的坑道，您可以对公爵解释，比我们的深四码。耶稣啊，如果我们没有更好的办法，我看敌人会把我们的坑道全炸毁了。

高厄 围城的命令是下达给格洛斯特公爵的，而他却完全听一个爱尔兰人指挥，此人的确非常勇武。

弗鲁爱林 您说的是麦克摩里斯上尉，是不是？

高厄 我看就是他。

弗鲁爱林 耶稣啊，他是一头蠢驴，人间最蠢的驴子。我敢当他的

---

1 加来（Calais）：法国北部海岸一港市，1347 至 1558 年间被英国人占领。
2 指在被围困的城池地下掘的坑道，供埋炸药破城之用。

面这样说。对于真正的战术即罗马战术 [1]，他不比一条哈巴
狗懂得多。

麦克摩里斯与杰米上尉上

高厄	他来啦，同他一起的还有那个苏格兰上尉杰米。
弗鲁爱林	杰米上尉勇气可嘉，出类拔萃，据我所知，他深谙传统战术。耶稣啊，论起古罗马人的用兵征战之道，他雄论滔滔，当今军界无人可及。
杰米	向您问好，弗鲁爱林上尉。
弗鲁爱林	向阁下问好，杰米上尉。
高厄	情况怎么样，麦克摩里斯上尉？你离开坑道啦？士兵们把坑道挖好啦？
麦克摩里斯	天哪，坑道没有挖好，不挖啦，归营号吹过啦。我举手起誓，我以我父亲的灵魂起誓，这工事修得差劲，放弃了。耶稣保佑我啊，我本来要在一个小时之内炸毁这座城的。啊，工事修得差劲，差劲。我举手起誓，差劲!
弗鲁爱林	麦克摩里斯上尉，请您允许我，您听着，同您商榷用兵打仗之道、罗马人的兵家之道，您听着，争论也可以，友好恳谈也可以——一则阐明我的见解，一则呢，您听着，使我心悦诚服。这事关作战的原则与方略，非常重要。
杰米	那样太好啦，真的，二位好上尉，如果你们允许，我一定找机会奉陪；我一定这样，肯定的。
麦克摩里斯	此刻不是说空话的时候啊，耶稣救我吧。天气这么热，战争、国王、公爵，诸事纷繁，不是高谈阔论的时候。城池被围，军号召唤我们向突破口冲锋，而我们议论纷纷，无所动作，耶稣呀。这简直是我们全体的耻

---

1 罗马战术（Roman disciplines）: 指传统的战术，不过分依赖火炮。

	辱。上帝保佑，无所事事的耻辱，我举手为誓，奇耻大辱啊。有敌要杀，有事要做，而我们无所作为，耶稣保佑，咳！
杰米	我对天发誓，在我闭眼睛之前，我要为国效力，为国捐躯，至死不渝。总而言之一句话，我要勇武出击，全力以赴。圣母啊，我此时本来很愿意听你们二位的高见。
弗鲁爱林	麦克摩里斯上尉，我认为——请您听着，恕我直言——贵民族中并无很多人——
麦克摩里斯	我的民族？我的民族怎么啦？恶棍，杂种，混蛋，无赖。[1]我的民族怎么啦？谁议论我的民族？
弗鲁爱林	您听我说，麦克摩里斯上尉，如果您误解别人的意思，那我也许会认为您对我也不以友善相待，请您听着，我同您一样是个好男儿，精通兵法，出身高贵，其他方面也出色。
麦克摩里斯	我还不知道您同我一样是个好男儿哩。耶稣保佑我，我决心砍您的头。
高厄	二位先生，你们互相误会啦。
杰米	啊，那就大错特错啦。（议和号起）
高厄	城里吹响了议和号。
弗鲁爱林	麦克摩里斯上尉，来日找个更好的机会，请你听着，我要斗胆相告：我精通打仗用兵之道。话就说到这里吧。

众人下

---

[1] 麦克摩里斯可能是把批评爱尔兰的人称为恶棍，也可能指爱尔兰人一贯被诬为恶棍。

第三场 / 景同前

仍在阿夫勒尔城外

城门前，亨利五世及随从上

亨利五世　城里的总督到底如何决定？
这是我所允许的最后谈判，
要么快接受我的最大恩惠，
要么与我为敌而自取灭亡，
我认为军人之称最适合我，
一旦我再开战衅攻打城池，
不把它彻底埋在废墟之下，
我誓不半途收兵不尽全功。
慈悲之门户行将完全关闭，
嗜血的士兵惯有铁石之心，
血手之所及，
将恣意屠戮，
其良知已如地狱大开鬼门，
杀灭城中娇艳淑女如刈草，
如花初放的婴儿也难幸免。
若罪恶的战争如魔鬼烈焰，
凶相毕现，
极尽破坏摧残，
果真如此，
我又其奈何哉？
若你们自招祸端，以至于，

纯洁的闺女惨遭乱兵奸淫，
果真如此，我又其奈何哉？
当邪恶泛滥，顺势而下时，
倾泻而来，什么能遏止它？
我不可能令疯兵暂停抢掠，
正如不可能传旨海怪上岸。
所以，阿夫勒尔的兵将们，
怜惜你们的城市和百姓吧，
趁此时我能掌控我的士兵，
趁恩惠之和风吹散了杀戮、
血腥与残暴的沉沉的战云。
否则，你们立刻就将目睹，
嗜血鲁莽的兵丁伸出黑手，
玷污你家闺女额前的秀发，
她惊骇而尖叫；你的老父，
被拽住银须，高贵的头颅，
往墙壁上撞；你家的婴儿，
被赤裸裸地挑在长矛尖上，
母亲发疯般哭嚎直上云霄，
如希律王屠城时的犹太女。[1]
你们怎么办？是投降避灾？
还是负隅顽抗而自取灭亡？

总督自高台上城墙

总督 　　　　到今天我们已经绝望。

1　据《马太福音》（Matthew），为杀圣婴耶稣，希律王（King Herod）下令尽诛伯利恒
　　（Bethlehem）城内及周围地区所有两岁以下的男婴。

向太子求救，他却无力相助。

所以，至高至伟之王，

此城和此性命，由您悯情发落。

请进城吧，这一切，

皆听候陛下的裁夺，

因为我们已难自保。

亨利五世 快开城门。——埃克塞特王叔，

您带兵进入阿夫勒尔，

固守在此，严防法军。

对老百姓，广施怜恩。

尊敬的王叔，冬将至，

兵多染疾，我将率军，

退守加来。今晚在此，

为您座上宾，明天我即出征。

喇叭奏花腔。国王及随从入城

第四场 / 第七景

具体地点不详，可能在法国北部鲁昂城的法国宫廷内

凯瑟琳及一年长贵妇人艾丽丝上 [1]

凯瑟琳 艾丽丝，您去过英格兰，您的英语也讲得好。

---

1 此场对话原文全为法语。——译者附注

艾丽丝	会一点罢了，公主。
凯瑟琳	请您教我吧，我必须学会讲英语。"手"在英语里叫什么？
艾丽丝	"手"吗？"手"叫"汉得"。
凯瑟琳	"汉得"。"手指"呢？
艾丽丝	"手指"？天哪，我搞忘"手指"了。让我想想。"手指"？我想"手指"叫"分格"。对，就叫"分格"。
凯瑟琳	"手"叫"汉得"，"手指"叫"分格"。我觉得我是好学生，很快就学会了两个英语单词哩。"指甲"叫什么？
艾丽丝	"指甲"吗？"指甲"叫"耐尔"。
凯瑟琳	"耐尔"。听着，看我念得对不对："汉得"、"分格"，还有"耐尔"。
艾丽丝	念得好，公主，很好的英语。
凯瑟琳	告诉我英语的"手臂"怎么念？
艾丽丝	念"阿蒙"，公主。
凯瑟琳	"胳膊肘"呢？
艾丽丝	念"爱尔膊"。
凯瑟琳	"爱尔膊"。我把您教我的这几个单词重念一遍。
艾丽丝	我看这太难了吧，公主。
凯瑟琳	对不起，艾丽丝，听我念吧："汉得"、"分格"、"耐尔"、"阿蒙"，还有"比尔膊"[1]。
艾丽丝	念"爱尔膊"，公主。
凯瑟琳	啊上帝，我忘了这个词！"爱尔膊"。"脖子"怎么念？
艾丽丝	念"尼克"，公主。
凯瑟琳	"尼克"。"下巴"呢？
艾丽丝	念"亲恩"。

---

1 凯瑟琳把 elbow 读成了 bilbow（一种短剑）。

凯瑟琳	"钦恩"。"脖子","尼克";"下巴","钦恩"。[1]
艾丽丝	好啦,公主真行,说真的,您把这几个词读得同英国人一样准啊。
凯瑟琳	有上帝助我,我无疑能很快学会英语。
艾丽丝	我刚才教您的,您忘记没有?
凯瑟琳	没有,我立即背给您听:"汉得"、"分格"、"美尔"……
艾丽丝	是"耐尔",公主。
凯瑟琳	"耐尔"、"阿蒙"、"比尔膊"。
艾丽丝	请原谅,公主,是"爱尔膊"。
凯瑟琳	我就是这样念的呀。"爱尔膊"、"尼克"、"钦恩"。"脚"和"长袍"怎么念?
艾丽丝	"夫体",公主;另一个念"拱揿"。
凯瑟琳	啊,我的天!这两个字太难听哪,太粗俗,太下流,淑女不会说这些话,我绝不会在法国绅士面前出此言语。呸![2]这个"夫体"、这个"拱揿"!尽管如此,我还是把我的功课再背诵一遍吧。"汉得"、"分格"、"耐尔"、"阿蒙"、"爱尔膊"、"尼克"、"钦恩"、"夫体"、"拱揿"!
艾丽丝	太好啦,公主!
凯瑟琳	今天到此为止,我们进餐去吧。　　　　　　　　　　同下

1　凯瑟琳"下巴(chin)"的音发得不太准,在原文中读成了 sin。——译者附注
2　因 foot 同法语的 foutre(性交)、gown 同法语的 con(女性阴部)很近音,故引起凯瑟琳的误解。

第五场 / 景同前

法王、太子、布列塔尼公爵、法国大元帅及余上

法王　　　　他肯定已经渡过索姆河[1]了。

大元帅　　　如听任他不战而入我境，王上，

　　　　　　　法国将无我们容身之地，

　　　　　　　我们拱手将葡萄园送蛮族算了。

太子　　　　啊，不朽的神![2]难道我们的旁系[3]、

　　　　　　　我们的父辈兴之所至留下的余种，

　　　　　　　那些被嫁接在野木杂干上的枝条，

　　　　　　　蓦然高耸于云端，

　　　　　　　竟势压老树之顶？

布列塔尼　　诺曼人，野种诺曼人，诺曼人野种![4]

　　　　　　　我不要命啦![5]

　　　　　　　如他们来势无可阻挡，

　　　　　　　我要卖了我的公国，在阿尔比恩[6]

　　　　　　　那弯曲的岛上买一个泥泞的农场。

大元帅　　　战神啊![7]他们的勇气从何而来？

　　　　　　　他们的气候不是阴冷多雾昏暗，

1　索姆河（River Somme）：法国河流，位于加来与阿夫勒尔之间。

2　原文为法语（*O Dieu vivant!*）。

3　1066年诺曼征服之后，很多英国人带有法国血统。

4　指有法国血统的英国人。

5　原文为法语（*Mort de ma vie!*）。

6　阿尔比恩（Albion）：英伦岛的古称。

7　原文为法语（*Dieu de batailles!*）。

阳光也似乎鄙视他们很少照耀，
以至于花难盛开，果实难结吗？
难道把白开水当成大麦啤酒喝，
如驽马饮，能燃起他们的冷血？
而我们的滚滚热血，好酒相激，
倒似乎冷若冰霜？啊，为社稷，
我们不做悬挂在屋檐下的冰条，
任冷血之族在我们的沃土之上，
逞青壮蓬勃之威，显血气方刚！
若无壮士，大好江山也如粪土。

太子　　凭信义和荣誉起誓，
法国的妻女们在嘲笑我们，
明言我们勇气已泄不如前代，
欲许身英格兰青年传宗接代，
为法国繁衍一代杂种勇士。

波旁　　她们叫我们去英格兰舞蹈学校，
教蹦蹦跳跳转身就开跑的舞蹈，
说我们的功夫全在我们的脚掌，
临阵脱逃是高手。

法王　　传令官蒙乔何在？即刻传他，
遣他去赠英格兰一言：法兰西无畏。
奋起吧，我的王公卿相们，
以锋于刀剑的荣誉精神，
疾驰疆场。查理·德拉勃莱、
高贵的法国大元帅；奥尔良、
波旁、贝里诸位公爵；还有
阿朗松、布拉班特、巴尔以及勃艮第公爵；

沙蒂永的雅克、朗菩尔、伏德蒙、
波蒙、葛朗伯莱、罗西等诸公、
福肯布里奇、福华、莱特拉、
布西科及沙罗莱的大公爵、
王公、男爵、贵爵和爵士们；
为雪国辱，阻挡哈利横行我土，
他旗幡之红，因染阿夫勒尔之血。
冲向他的军队，如融雪涛，
席卷河谷，以阿尔卑斯山之势，
居高而下，倾泻滔滔白沫。
冲啊，你们手握足够的军力，
将他俘获关进囚车押到鲁昂。

大元帅 君王之豪言，气吞云天。
我为他汗颜，人马区区，
且长途劳顿，非病即饥。
我敢肯定，他一见我军，
勇气立即乌有化为怯心，
为委曲求全而恭献赎金 [1]。

法王 所以，大元帅，火速传蒙乔，
让他告知英格兰我们派人来，
问亨利愿意奉与我多少赎金。——
太子，你同我们暂留鲁昂。

太子 求父王别留下我。

法王 少安毋躁，你得同我们留下。——
立即出发，大元帅和众卿相，

---

1 即战败一方须付的赔款。

击败英军，早传捷报入宫来！　　　　　　　　　众人下

第六场 / 第八景

法国北部，英军营地

两名上尉、英格兰人高厄与威尔士人弗鲁爱林上

高厄　　　　情形如何，弗鲁爱林上尉？你从桥头 ¹ 来？

弗鲁爱林　　您放心，桥上这一仗打得非常出色。

高厄　　　　埃克塞特公爵没事吧？

弗鲁爱林　　埃克塞特公爵像阿伽门农 ² 一样崇高而威猛，我对此人的顶礼膜拜是全心全意、五体投地，还要加上我的职位、我的生命、我的生活和我的最大能耐，以表示我对他的爱戴和敬重。颂扬上帝，礼拜上帝！他毫发未损，以大威大勇指挥若定，坚守桥头。军中有一个中尉旗官，我由衷佩服，他如马克·安东尼 ³ 一样勇敢，而他并无名声，我却亲眼见他勇猛杀敌。

高厄　　　　他叫什么名字？

弗鲁爱林　　他叫毕斯托尔旗官。

高厄　　　　我不认识他。

毕斯托尔上

---

1 据史，这里可能指泰努瓦斯河（River Ternoise）上的那座桥，去加来所必经。

2 阿伽门农（Agamemnon）：特洛伊战争中希腊一方的首领。

3 马克·安东尼（Mark Antony）：著名的古罗马大将。

弗鲁爱林	就是此人。
毕斯托尔	上尉，求您一事，埃克塞特公爵 对您确实宠爱有加啊。
弗鲁爱林	嗨，赞美上帝啊，我在他手下颇受重用。
毕斯托尔	巴道夫，一个身心俱健的军人， 胆识过人，而命运严酷而无常， 命运之轮大起大落，捉弄众生， 盲目的命运女神站在石轮之上， 飞轮疾转，沧桑巨变，瞬息间——
弗鲁爱林	恕我直言，毕斯托尔旗官。命运女神被画成盲目，两眼被遮，意在向你表明命运女神什么也看不见；她又被画成脚踏转轮，这正是寓意之所在，意在向你表明命运轮回不息，变迁不已，盛衰难定，沉浮无常。你看，她脚踩石轮，石轮不停地转啊，转啊，转啊。说真的，诗人来写肯定妙笔生花。命运这个题材可大做文章啊。
毕斯托尔	命运女神向巴道夫皱眉头， 他偷了圣像徽 [1]，得上绞刑架， 这样死真他妈不像话！ 绞死狗，放人得生吧， 勿让绞索勒他的气管。 而埃克塞特判他死刑， 就为区区圣像徽。替他求情吧—— 您九鼎之言公爵必听—— 别让巴道夫的生命线 [2]，

1　圣像徽为圆形，其质常为金或银，上有十字架，供领圣餐者吻。
2　生命线（vital thread）为希腊神话中的命运三女神所纺出并切割。

被廉价绞绳勒断，且留个污名。

上尉一言救他，我定报答。

弗鲁爱林	毕斯托尔旗官，你的意思我似乎明白了。
毕斯托尔	哈，明白了就好啊。
弗鲁爱林	肯定地说，旗官，此事不好办，听着，即使他是我的亲兄弟，我也会听凭公爵处置，依法处死他；执法本该如此。
毕斯托尔	天诛地灭！这就是你他妈的友情！
弗鲁爱林	很好呀。
毕斯托尔	你他妈的屁！[1] 下
弗鲁爱林	好极了。
高厄	咳，简直是个大流氓。我想起来了，这家伙是个拉皮条的，又偷东西。
弗鲁爱林	我向您担保，他在桥头发表的豪言壮语，您一整天也听不完。可是这很好，他刚才对我说那些话很好呀，我向您担保，时机到了，一切都会很好的。
高厄	嗨，这些家伙是骗子、傻子、痞子，时不时到战场上去溜达一遭，沾沾光，再回到伦敦，摇身一变，就成了光荣的战士。这些家伙巧舌如簧，把指挥官的名字记得烂熟，把打过仗的地方牢记在心；某某要塞、某个突破口、某一支护送队、谁表现勇敢、谁中弹身亡、谁临阵出丑、敌方情况如何等等——他们倒背如流，满口军事术语，再加上时兴的脏话粗话，点缀一新。再把胡须剪成将军的样式，穿一件唬人的军服，啤酒冒泡，一瓶接一瓶地灌，酒醉人胆大，什么天花乱坠的大话都敢吹啊。您得有慧眼，辨识世上的败类，不然要吃大亏上大当。

---

1 原文为骂人的脏话，伴以下流手势，即将拇指夹在食指和中指之间或插入嘴里。

弗鲁爱林	听我说，高厄上尉，我看穿他的真面目了。他一旦露出破绽，我要叫他好看。（鼓声起）您听，王上来啦，我得向他禀报桥头的战况。

鼓声起。军旗招展。亨利五世及众疲惫兵丁与格洛斯特上

	上帝护佑陛下！
亨利五世	军情如何，弗鲁爱林？您从桥头过来的吗？
弗鲁爱林	启禀陛下。埃克塞特公爵固守桥头，威不可当。法军已败下阵，我跟您说，这真是一场恶战啊。他娘的，桥原来在敌人手里，现在他们后撤了，埃克塞特公爵控制了桥头。陛下，公爵确实是位勇士。
亨利五世	你们的伤亡怎么样，弗鲁爱林？
弗鲁爱林	敌军的伤亡很大，相当大。他娘的，依我看，公爵未损一兵一将，倒是有一个人可能被处死，因为他抢劫教堂，一个叫巴道夫的，陛下也许知道此人。他满脸酒刺、疖子、疤子，红得像一团火；他的两片嘴唇把鼻子吹得像一团煤火，忽而蓝忽而红。可是他的鼻子被处决了，煤火也熄灭了。
亨利五世	违军令者一律处死。我已晓谕全军，英军所到之处，严禁强征法国村庄之物，务必秋毫无犯，凡有所取，必须依价付款；不得口出恶言，辱骂法国人；因为当仁爱同暴戾争天下时，仁者胜。

号声。蒙乔上

蒙乔	看我的装束，你便知道我是谁了。
亨利五世	好啦，我知道你是谁。你有什么话要说？
蒙乔	传我主之旨意。
亨利五世	详情道来。
蒙乔	吾王如是说："告诉英格兰的哈利，看起来我们似乎已死

去，其实我们在沉睡。蓄势待发胜过匹夫之勇。告诉他，
我们在阿夫勒尔本可以痛击他，但我们认为等脓包熟透
再挑破为好。现在时机已到，我们发出威严之声，英格
兰应该为自己的愚行悔过，认清自身弱点，赞许我们的
容忍精神。所以，着他考虑赔金吧，其数额必须与我们
所受损失相当，包括我们的臣民伤亡、蒙受的耻辱；这
一切沉重的损失，若要完全赔偿，以他个人区区之力，
会压得他折腰。相比我们的损失，他的国库太穷；我们
流的血，他举国以偿也不够；我们所受的辱，即使他亲
身跪在我们脚下谢罪，也难以令人满意。凡此所言，不
揣冒昧，斗胆干犯，告诉他，一言以蔽之，他已经出卖
了他的追随者，置他们于死地。"这就是吾王吾主的旨
谕；这就是我履行的使命。

亨利五世	你怎么称呼？我知道你的职务。
蒙乔	蒙乔。
亨利五世	你已经出色地完成使命，
	回复你主我此刻不追他，
	我只希望顺利到达加来。
	尽管对狡诈占优势之敌，
	透露这么多实情为不智。
	我的人马因染疾而削弱，
	兵将锐减，势弱于法军；
	告诉你，传令官，我的兵，
	健康时两条腿抵三法兵。——
	咳，上帝恕我如此鼓舌。
	你们法国的风气袭人，
	我染此恶习，应该痛改。——

所以去吧，告诉你的主，
鄙人在此，他要的赎金，
我唯以此弱躯贱体相奉；
我的军队力薄而多染疾；
然而，上帝在我这一方，
告诉他，我们必成此行，
哪怕两个法国挡我路。
此番劳苦你啦，蒙乔。（递过钱）
回去劝你主三思而后行。
我意既已决，志在必得；
遇阻，必以你们的鲜血，
染红你们的黄色的土地。
蒙乔，走好。我一言作答：
就我们而言，不开战衅，
而战争临头，也不闪避。
就这样回禀你的王上吧。

蒙乔　　　我一定如言禀报。多谢陛下的赏赐。　　　　　　　下

格洛斯特　我希望他们此刻不要攻打我们。

亨利五世　兄弟，我们在上帝手中，
　　　　　　并不在他们掌中。
　　　　　　天色渐晚，我们移师桥头吧。
　　　　　　今夜扎营河边，明天继续进发。　　　　　　众人下

第七场 / 第九景

阿金库尔附近之法军营地

大元帅、朗菩尔爵士、奥尔良、太子及余上

大元帅 　　　　喷，我有世上最好的甲胄。但愿此刻天亮！[1]

奥尔良 　　　　你的甲胄出类拔萃，让我的马也得到应得的赞誉吧。

大元帅 　　　　你的马欧洲第一。

奥尔良 　　　　难道早晨永不降临啦？

太子 　　　　　奥尔良公爵，元帅大人，你们在谈论马匹和甲胄吗？

奥尔良 　　　　您同天下所有王子一样，这两样东西都不缺。

太子 　　　　　今夜多漫长啊！我绝不会用我的马交换世上任何一匹用
　　　　　　　　四个蹄子走路的东西。嗖嗖！它跃地而起，体态轻盈如
　　　　　　　　鸿毛，真是一匹飞马、一匹神驹，鼻翼喷火啊！我一骑
　　　　　　　　上它，如鹰腾空而飞；它落地时，蹄下之声美胜赫耳墨
　　　　　　　　斯的笛音。[2]

奥尔良 　　　　那马通身一片豆蔻色。

太子 　　　　　而且像生姜一般火辣辣。简直是珀耳修斯的坐骑啊。[3] 它
　　　　　　　　是纯粹的风与火，身上根本没有钝浊的元素土与水，除
　　　　　　　　了静身不动让骑手登鞍之时。确实是一匹良驹，所有其
　　　　　　　　余的驽马只能叫畜生。

---

1 此句和后面两句"难道早晨永不降临啦？""今夜多漫长啊！"，都显示他们急于在光天化日
　之下于人前展露他们的甲胄和马匹。——译者附注
2 据希腊神话，赫耳墨斯（Hermes）的笛声迷住了百眼巨人阿耳戈斯（Argus）。
3 据希腊神话，珀耳修斯（Perseus）杀死了女怪墨杜萨（Medusa），从其血中奔出双翼神马珀
　伽索斯（Pegasus）。

大元帅	的确，太子，此马是马中尤物。
太子	它是马中之杰，啸鸣之声如君王号令，威姿凛凛，令人肃然起敬。
奥尔良	确实如此，堂兄。
太子	一个人不算有才气，如果从云雀起飞的早晨到羊羔回圈的晚上，一整天之中他赞美我的马的辞藻千篇一律的话。颂扬之词如滔滔大海啊，让每一粒沙化为一条巧舌，齐声来赞我的马吧。此物为帝王所赏识，为帝王所驱驰，而世间凡人，我们认识的和不认识的，一见此马，失魂落魄，驻足惊叹而观。我曾经为它写过一首十四行诗，这样开头："造化之奇迹"——
奥尔良	我听到过别人一首致情人的十四行诗也如此开头。
太子	那他肯定模仿了我写给我的奇骏的诗，因为我的马就是我的情人。
奥尔良	你的情人很会驮人啊。
太子	只驮我这个人，这是对红颜知己好情人的恰当赞誉和完美德行的体现。
大元帅	不对吧，昨天我好像看见你的情人动作泼辣，把你的背摇来晃去。
太子	你的情人或许也是如此吧。
大元帅	我的情人不套马笼头。[1]
太子	呵，看来她年老而驯良，你像一个爱尔兰步兵骑在她身上，脱了灯笼裤，赤条条任摆布。
大元帅	你的骑术很精啊。
太子	听我的警告吧。这样骑下去，一不小心就栽进烂污泥。

---

1 意即他的情人是女人不是马。

我宁要马儿不要情人。

大元帅 我倒喜欢我的情人疲惫如马。

太子 告诉你吧，元帅，我的情人的头发可是她自己的。[1]

大元帅 即使我的情人是条母猪，这样的大话我也能说。

太子 "狗不嫌自呕的秽物，洗净的猪照样滚泥污。"[2]

任何东西你都利用。

大元帅 我可没有把马当作情人，也没有扯些文不对题的谚语。

郎菩尔 元帅大人，今晚我在你的军营里看见的那件铠甲上嵌的是星星还是太阳？

大元帅 是星星，阁下。

太子 我希望明天掉几颗下来。

大元帅 然而我的天空不缺星星。

太子 那有可能，你身上那么多多余的星星，掉几颗，更体面。

大元帅 正如你的马承受你的重重美言，如果你少奉承它几句，它照样跑得好呀。

太子 但愿我的赞词足以颂扬它的风采。难道天不亮了吗？明天我要驰骋一英里之遥，一路铺满英国人的脸。

大元帅 我不会说这句话，我担心的就是怕丢脸。不过但愿现在是早晨，我愿同英国人决一死战。

朗菩尔 谁愿同我赌二十个战俘？

大元帅 在你有二十个战俘之前，你必须先赌你自己的命。

太子 已经半夜啦，我去准备上阵吧。 　　　　　　下

奥尔良 皇太子在枕戈待旦啊。

朗菩尔 他恨不得吃了英国人。

---

1 此处影射大元帅的情人因梅毒脱发而戴假发。

2 原文为法语谚语（*Le chien est retourné à son propre vomissement, et la truie lavée au bourbier.*）。

大元帅	我看他决心把杀死的全吃下去。[1]
奥尔良	凭我太太的玉手起誓,此王子勇气可嘉。
大元帅	凭她的脚起誓吧,以便她可以把誓言一脚踢翻。
奥尔良	他简直是法国最有活力的男人。
大元帅	肯干就是活力,他会一直干下去的。
奥尔良	我听说他从不干坏事。
大元帅	明天他也不会干,这个好名声他会保持。
奥尔良	我知道他勇气可嘉。
大元帅	一个比你更了解他的人曾经这么告诉过我。
奥尔良	那是谁啊?
大元帅	天哪,就是他自己告诉我的,他说他不在乎别人知道。
奥尔良	他不必在乎,这是他的美德,掩盖不住。
大元帅	说真的,先生,他的勇气隐而不现;除了他的仆从,绝无任何人见过。是戴了头罩的勇气,一旦显露,就会衰微。[2]
奥尔良	邪口不出好言。
大元帅	我还有一句绝妙的谚语:"友谊滋生奉承。"
奥尔良	我回敬一句:"对魔鬼也要公正。"
大元帅	接得妙,你的朋友就是魔鬼啦。我要打你痛处:"魔鬼生个大梅毒。"
奥尔良	你在谚语方面比我强,不过"傻子的箭先射完"。
大元帅	你跑靶啦。
奥尔良	你的靶跑了不止一回啦。
一信差上	
信差	元帅大人,英国军队离您的军营仅一千五百步了。

---

1 言下之意为他不会杀掉任何人。
2 暗指戴头罩的猎鹰,除去头罩始见其勇否。——译者附注

大元帅	谁量的这距离？
信差	葛朗伯莱爵爷量的。
大元帅	一位英勇而干练的将官。现在天亮就好啦！咳，可怜这英格兰的哈利！他可不像我们一样盼天亮啊。
奥尔良	这英格兰国王真是愚不可及的可怜虫，带着一帮蠢货，离乡背井，千里迢迢，自寻绝路！
大元帅	如果英国人有一点见识的话，他们就会逃跑了。
奥尔良	他们缺的就是见识。如果他们的脑袋里有智慧作甲胄的话，他们就不会戴上沉重的头盔了。
朗菩尔	那个英格兰岛出产勇猛之物，他们的獒犬勇气天下无双。
奥尔良	都是些蠢狗！闭着眼睛朝俄国熊的嘴里冲，脑袋被咬碎，像一个个烂苹果。你也完全可以说一只跳蚤很有勇气，因为它敢在狮子的嘴唇上吃早餐。
大元帅	一语中的，一语中的！人与狗一个样，莽莽撞撞往前冲，头脑都丢给家里的娘们儿了，给他们牛肉大餐和刀枪，他们就会吃得狼吞虎咽，斗得如妖魔鬼怪。
奥尔良	哎，可是这些英国人现在无牛肉可吃了。
大元帅	所以我们明天就见分晓：他们只有胃口吃饭，而无胆量打仗了。是准备上阵的时候啦。快，还等什么？
奥尔良	此刻是两点，我看到了十点， 我们每个人将抓到一百个英国佬。　　　　　　众人下

第四幕

致辞者上

致辞者　　　　想象此刻是什么样的情景，

慄然的人声，

如磐的黑暗，

把宇宙之杯充斥至于盈满。

营帐毗相连，

沉沉夜色之中，

双方人马的动静悄然可闻，

几乎听见对方哨兵的口令。

火光相映照，

惨淡光影之中，

交战双方可见敌方土色的脸。

战马相对峙，

长嘶狂嚣相胁，

划破了黑夜的迟钝的耳鼓。

军营里传来厉兵秣马之声，

军械师挥锤为骑士备甲衣，

敲击声响，闻之令人心惊。

听村鸡鸣叫，时钟也敲响，

沉寂的清晨的第三时辰到。

依仗人多势众，踌躇满志，

法国将士阵营前谈笑风生，

掷骰子赌窝囊的英人取乐；

大骂跛脚的夜晚慢吞吞挪，
像那瘸行碍延的丑恶巫婆。
可怜倒霉的英人守着烽火，
耐心坐等，状如一群祭牲，
心里思忖早晨将来的危情，
满面忧伤，形容黯然枯槁，
征衣褴褛，如众鬼之恐怖，
月华见之失色，不敢久窥。
啊，此时此刻若有人目睹，
这支哀军的王帅亲巡阵前，
从岗哨到岗哨营帐到营帐，
此人会高呼："颂扬与光荣，
全归于他！"他慰劳全军，
问候大家早安，笑容谦和，
相称为兄弟、朋友、同胞。
强敌围困，他却面不改色；
日夜操劳，不露疲惫之态，
精神抖擞，可亲可敬之仪，
危难中憔悴之人同他相见，
立刻深感慰藉，大受鼓舞。
他的目光如照环宇的太阳，
温暖消融人人恐惧的冰霜，
那一夜全军上下亲见哈利，
我的言辞难表情景之万一。
于是戏的场景须飞往战场——
啊，可怜！——凭四五把剑，
锈迹斑斑，上台闹闹嚷嚷，

整脚做戏，献丑贻笑大方，
将糟蹋阿金库尔之役之名。
然而请看官安坐细观究竟，
凭模仿而洞察事物的真情。

下

第一场 / 第十景

阿金库尔附近之英军营地
亨利五世、贝德福德与格洛斯特上

亨利五世　格洛斯特，我们真的身处险境，
　　　　　　所以我们应当鼓足更大的勇气。——
　　　　　　早安，贝德福德老弟。
　　　　　　全能的上帝！
　　　　　　邪恶之中，只要你明察细萃取，
　　　　　　亦可获得裨益。我们有此恶邻 [1]，
　　　　　　就得一早起身，这既有益健康，
　　　　　　又合起居之道。对于我们全体，
　　　　　　他们如我们的良知的外在体现，
　　　　　　如牧师告诫我们为末日准备好。
　　　　　　如此，我们可从野草丛中采蜜，
　　　　　　从魔鬼身上也能讨得良多教益。——

1　指法军。

欧平汉上

> 早安，托马斯·欧平汉老爵士，
>
> 白发苍苍本应安睡软枕之榻，
>
> 却卧身在法兰西的硬土之上。

欧平汉　　并非如此，我的陛下，如此栖身更佳，

　　　　　我可谓："我此刻高卧如一君王。"

亨利五世　以他人为榜样，乐于吃眼前之苦，

　　　　　于是精神为之一振，真是大好事。

　　　　　一旦头脑重获活力，身体的器官，

　　　　　虽已垂垂衰萎，

　　　　　无疑会挣脱沉沉坟墓，

　　　　　焕发盎然生机，

　　　　　如蛇之蜕皮而获再生。

　　　　　把你的披风借给我，托马斯爵士，

　　　　　两贤弟，代我问候阵前诸将士，

　　　　　并致早安，请他们速来我的营帐。

格洛斯特　我们即去，陛下。

欧平汉　　要我留在陛下左右吗？

亨利五世　不必了，我的好爵士。

　　　　　你同两王弟去晤众臣僚，

　　　　　我须独自静心思考片刻，（将欧平汉的披风披上）

　　　　　不要人伴我身边。

欧平汉　　上天保佑您，尊贵的哈利！　　　　　除亨利王外，众人下

亨利五世　上帝赐福给您，老人家。您的话振奋人心。

毕斯托尔上

毕斯托尔	你是什么人？ [1]
亨利五世	一个朋友。
毕斯托尔	对我明言，你究竟是一名军官，
	抑或是一介草民？
亨利五世	我是随军志愿者。
毕斯托尔	是步兵吗？
亨利五世	说得对。你是干什么的？
毕斯托尔	同国王一样的好人。
亨利五世	那你比国王还高明咯。
毕斯托尔	国王可是一个大好人，
	见过世面，也有名声，
	系出名门，勇力过人。
	我把他的敝履亲不够，
	真爱这小子。你叫什么？
亨利五世	哈利·勒鲁瓦 [2]。
毕斯托尔	勒鲁瓦？一个康沃尔人的姓氏。你是康沃尔人吗？
亨利五世	不，我是威尔士人。
毕斯托尔	认识弗鲁爱林吗？
亨利五世	认识。
毕斯托尔	去告诉他，圣大卫节 [3] 那天，
	我要把他头上的韭菜打掉。
亨利五世	那一天你不要把匕首插在帽子上，谨防他在你的头上动刀。

1 原文为法语（*Che vous là?*）。

2 勒鲁瓦，原文 *le Roi*，为法语"国王"之意。

3 圣大卫节（Saint Davy's day）在 3 月 1 日，威尔士人以韭菜装饰帽子以纪念威尔士的守护神圣大卫。

毕斯托尔	你是他的朋友吗？
亨利五世	还是他的亲戚。
毕斯托尔	那你快走开！
亨利五世	谢谢你。愿上帝保佑你！
毕斯托尔	我的名字叫"毕斯托尔"。　　　下。国王留场，退至台侧
亨利五世	这个名字倒同你的一副凶相搭配。[1]

弗鲁爱林及高厄上

高厄	弗鲁爱林上尉！
弗鲁爱林	咳，以耶稣基督的名义，少说话。这真是天下奇观，行军打仗居然不守祖传的章法规矩。如果您刻苦研究一番庞培大元帅[2]的战史，您肯定会发现，庞培的军营里绝无叽叽喳喳、议论纷纷的噪声。我保证您看到的是另一番景况，军仪肃然，各尽职守，按部就班，严谨不怠，铁纪如山。
高厄	嗨，敌人的声音也大。您听他们整夜都闹嚷嚷。
弗鲁爱林	如果敌人是一头蠢驴、一个笨蛋、一个喋喋不休的傻瓜，您认为我们自己最好也变成蠢驴、笨蛋、喋喋不休的傻瓜吗？您说良心话吧。
高厄	我以后说话小声点行啦。
弗鲁爱林	我请您、求您做到。　　　　　高厄与弗鲁爱林下
亨利五世	虽然这个威尔士人有点落伍， 却很有责任心，也不乏勇气。

三士兵，即约翰·培茨、亚历山大·考特与迈克尔·威廉斯上

考特	约翰·培茨兄弟，瞧那边不是天亮了吗？

1　"毕斯托尔"的英文 Pistol 有"手枪"之意，故亨利五世如是说。——译者附注
2　庞培（Pompey）：古罗马名将。

培茨	我想是天亮了。可是我们并没有多大的理由盼天亮。
威廉斯	我们看到了一天的开始，可是我想我们将永远看不到这一天的结束。——那边是谁？
亨利五世	自己人。
威廉斯	是哪个上尉的部下？
亨利五世	托马斯·欧平汉爵士的部下。
威廉斯	一位杰出的老将军，一位谦谦君子。请问：他如何看待我们目前的处境？
亨利五世	正如沉船之人困于海滩，只等下一次潮水把他们冲走。
培茨	他没有把自己的看法告诉国王吗？
亨利五世	没有，他最好不要告诉国王。因为，虽然我对你们这样说，我认为国王不过也是个人，同我一样的人。他闻到紫罗兰的香味，我也闻到紫罗兰的香味；他头上顶的这片天，我也顶的这片天；他的七情六欲与常人无异，如剥掉帝王的虚饰，还他一个赤裸裸的本相，他不过是一个人；尽管他的所思所想比我们的要高远深沉一些，然而一旦降身下来，同我们也一样。所以，当他有理由恐惧之时，同我们一样，他也恐惧，恐惧的滋味无疑同我们所感觉到的一样。然而照理说，没有人能使他显露恐惧，否则会大伤他军队的士气。
培茨	他可以外表显得如何勇敢，但我相信，即使在如此寒冷的夜晚，他也宁愿待在水深齐脖子的泰晤士河里；我也但愿他这样，无论他到哪里，我都追随在他左右，只要能离开这个地方。
亨利五世	我敢替国王说句良心话：我认为除了目前他所在之地，他不愿去任何其他地方。
培茨	那么我希望他独自一人留在此地，这样他交出一笔赎金，

以救众人之命。

亨利五世　　我敢说你不至于如此厌恶他吧，甚至希望他孤独只身在此，你这样说是为了试探别人的想法吧。于我而言，与国王同生死是最大的慰藉，因为他的事业是正义的，他所进行的战争是光荣的。

威廉斯　　　这些我们就不懂了。

培茨　　　　咳，或者说我们不想刨根问底。我们只知道我们是国王的臣民，这就够了。如果他进行的是不义之战，我们只是听命行事而已，罪不在我。

威廉斯　　　可是如果这场战争不得人心的话，国王自己所造的孽就大了，欠的命债就重了。所有那些在厮杀中被砍掉的腿、臂和头将在最后的审判之日重合为一体，齐声呼冤叫屈，"我们死在异国他乡啊"——有的诅咒，有的喊军医救命，有的为抛下的可怜妻子悲号，有的惦记着未还的欠债，有的担忧自己的幼子无依无靠。恐怕死在战场上的人极少瞑目而终的，因为打仗就是专门杀人流血，谁会心怀仁慈？如果士兵死不瞑目，那将他们引上死路的国王就罪大恶极了——因为违反君命即违反臣民的本分。

亨利五世　　如此说来，如果一个儿子被其父遣外做生意，结果作奸犯科死在海上，照你的道理，其子之过应由派他出去的父亲来承担。又比如，一个仆人受主人之命交送一笔钱，结果半路遭劫，还来不及作临终忏悔就死了，你也许要把差遣他的主人看成始作俑者，害这仆人死后下了地狱。[1] 可是事情不应该这样：国王不为他的士兵的种种结局承担责任，父于子，主人于仆人，也无必担之责，

1　基督徒认为临终前不忏悔生前的罪过，死后会下地狱。

因为他们派他们做事，并没有派他们去死。再者，没有任何一个国王，无论何等师出有名，在战场上刀兵相见的时候，也不可能全用清白的士兵。说不定有些已经身负策划谋杀之罪；有些以伪誓骗取了姑娘的贞操；有些曾经抢劫，为害地方，现在以战争为避难所。而今，如果说这些人已经逃脱了法律的惩罚，尽管他们能欺天下之人，却插翅难逃上帝之罚。战争是上帝的量刑官，战争是上帝的复仇，这些从前犯了王法的人现在为国王的战争卖命。他们怕死，所以在战争中苟且偷生，求平安而招祸端。那么如果他们身遭不测，下了地狱，就不能怪罪国王，正如国王不能为他们以前所犯的不敬上帝之罪现在为此遭天罚而承担责任。臣民为国王尽忠是其本分，但他的灵魂属于他自己。所以，战场上的士兵如卧床的病人，应当清洗自己良心上的每一个污点，如此死去于他是一大快事；如若不死，这样把时间花在神圣的事体上也很值得。对于逃过这场生死大难的人，他这样想也并非罪过。既然他将自身奉献给了上帝，上帝让他活下来目睹了上帝的伟大并教诲其他人如何为死亡作准备。

威廉斯	毫无疑问，凡是不得好死的人都是咎由自取，国王不应为此负责。
培茨	我可不指望他为我负责，但我决心为他拼死一战。
亨利五世	我听国王说他不愿向敌国献赎金。
威廉斯	嗨，他这样说是为了鼓舞我们的斗志。可是当我们的喉头被砍断的时候，他说不定就献赎金了，我们知道啥。
亨利五世	如果我有生之年看见他这样，我永远不相信他的话了。
威廉斯	你想惩罚他？玩具枪里射出的子弹多危险啊，一个小老

百姓不高兴居然敢抗衡君王！你可以试试，用一片孔雀
羽毛把太阳扇到结冰。你永远不相信他的话了，这话
真傻。

亨利五世　你这话说得太过分了，如果不是今天不便，我非同你理
论清楚不可。

威廉斯　如果你活着，我们之间的争执会有结果的。

亨利五世　我接受你的挑战。

威廉斯　日后我怎么认出你来呢？

亨利五世　把你的什么东西给我作为挑战标志，我会把它系在我的
帽子上，到时候你敢前来认它的话，我就同你决一雌雄。

威廉斯　这是我的手套。把你的手套给我一只。

亨利五世　拿去。(他们交换手套)

威廉斯　我也要把这只手套系在帽子上。如果明天以后，你见到
我说，"这是我的手套"，凭这只手，我要给你一耳光。

亨利五世　如果我活到那一天，我必与你一决高低。

威廉斯　那你连绞刑也不怕了。

亨利五世　得啦，我怕什么，当着国王的面我也要找你算账。

威廉斯　一言为定。再会。

培茨　别伤了和气，你们这些英国笨蛋，别伤了和气。如果你
们还有一点头脑的话，应该知道我们同法国人的争斗已
经够多了。　　　　　　　　　　　　　　　众士兵下

亨利五世　的确，法国人可以用二十比一的法国"人头"[1]打赌他们必
打败我们，因为他们的赌注就长在他们的肩膀上。可是英
国人砍法国人的头无罪，明天国王自己也要挥刀砍杀。
一切责任全加在国王身上！

1　一种法国金币，也有"人头"之义，此处一语双关。——译者附注

把我们的生命、灵魂、债务、
忧心的妻子、孩子以及罪过，
全都推到国王一人的头上吧！
我必须身负所有这一切重责。
啊，与伟大并生的艰难处境，
任何傻瓜都要对你评头品足，
而他们的所感无非个人忧患。
国王必须放弃百姓所享之乐，
而国王所享百姓所无是什么？
除了排场，大庭广众的排场？
无益的排场，你究竟为何物？
你是何方神圣？比膜拜你者，
身受更多的凡人之忧虑愁苦。
你收了多少租金，进账几何？
啊，排场，给我看你的价值。
你凭什么引人崇拜？除地位、
头衔和仪式外，你还有什么？
你令人心怀敬畏惶恐，
但令人敬畏者并不比
心怀惶恐者多得其乐。
你所常饮之物，
非景仰之甘汁而是谄媚毒液！
啊，如你病卧，伟大之伟大，
令你的排场为你疗疾祛患吧！
你以为连篇累牍的谄媚之词，
就可以退去那如火的高烧吗？
下跪和鞠躬对于疗疾有效吗？

你有权力令乞丐向你下跪，
但你的权力能令健康予你吗？
不可能，这是一枕高傲的梦，
如此虚妄，搅得帝王寝难安。
我这个国王却把排场看透了。
我知道，无论加冕为王的圣油、
权杖和宝球、佩剑、王之笏，
无论王冠、镏金嵌珠的皇袍、
繁复堂皇显赫的帝号之荣称，
无论是国王高踞其上的王座，
如巨浪拍打世界海岸的喧哗，
所有这一切无与伦比的荣显，
全部堆砌在帝王的卧榻之上，
也不能让君王如一卑奴一样，
安然入眠。奴仆辛劳一天，
肚子填饱，脑子空空如也，
倒头酣睡，眼不见恐怖黑夜，
那地狱之子像一走卒，
自晨至昏，烈日下劳苦奔波，
一夜安卧梦乡；至次日黎明，
与太阳同起，如此终年不断，
为衣食劳作一生。没有排场，
这样的奴仆日作夜息过日子，
简直胜过当帝王。天下太平，
奴仆所享，而在他的愚脑里，
浑然不知国王如何日理万机，
保国安靖，而为天下黎民计。

欧平汉上

欧平汉　　　陛下，众大臣见您不在，

　　　　　　　正急得遍营地找您哪。

亨利五世　　　爵士老前辈，

　　　　　　　把他们召集到我的营帐，

　　　　　　　我将在你之前赶到。

欧平汉　　　遵命，陛下。　　　　　　　　　　　　下

亨利五世　　　啊，战神，令我兵士之心坚如钢铁吧！

　　　　　　　让恐惧离开他们吧！

　　　　　　　如果敌军的数量，

　　　　　　　使他们丧胆，

　　　　　　　现在就令他们不识数吧！

　　　　　　　啊，请别在今天，

　　　　　　　上帝啊，别在今天，

　　　　　　　清算我父王谋位之罪！ [1]

　　　　　　　以隆重之礼仪，

　　　　　　　我已重葬理查的骸骨，所洒悔罪之泪，

　　　　　　　比他受害时流的血还多。我行善积德，

　　　　　　　每年救济五百个穷人，他们每天两次，

　　　　　　　把枯槁的手向天高举祈宽恕父王之罪；

　　　　　　　我还捐建两个小教堂，让庄重的牧师，

　　　　　　　一直为查理之魂唱圣歌。我要做更多，

　　　　　　　尽管在我自己亲身忏悔祈求宽恕之前，

　　　　　　　我所能做的这一切均无价值可言。

格洛斯特上

1　亨利五世的父亲亨利四世篡夺了理查二世（Richard II）的王位，后者在囚禁期间被害身亡。

格洛斯特	陛下。
亨利五世	这是我弟格洛斯特的声音吗？——
	嗨，我知您来意，与您同行吧。
	天下事无巨细，待我去操持。

同下

第二场 / 第十一景

阿金库尔附近之法军营地

太子、奥尔良、朗菩尔与波蒙上

奥尔良	太阳把我们的铠甲染成金色啦。起来吧，臣僚们！
太子	快上马！牵我的马来，仆从！侍儿，快！
奥尔良	啊，勇敢的精神！
太子	跨越水和土。
奥尔良	还有呢？还有风与火。
太子	还有昊昊天空，奥尔良贤卿。

大元帅上

	好啊，大元帅？
大元帅	听啊，我们的战马长啸，激战在即。
太子	上马吧，将马刺深刺进马身，
	让喷出的热血射进英人之眼，
	凭着这股豪气消灭他们，哈！
朗菩尔	什么，你要叫他们的眼里淌我们的马血？
	那我们怎么看得见他们自己的眼泪流淌？

信差上

信差　　　　英军已经列阵待战了，王爷们。

大元帅　　　上马，勇武的将军们，
　　　　　　　立即上马啊！
　　　　　　　看那边一帮可悲的饿汉，
　　　　　　　你们一副精神抖擞形象，
　　　　　　　定叫他们立刻魂不附体，
　　　　　　　只剩下一副空空的皮囊。
　　　　　　　这点活不够我们都动手，
　　　　　　　他们的干瘪血管里的血，
　　　　　　　不够每一柄战刀沾一滴，
　　　　　　　法军青年只好收刀入鞘，
　　　　　　　因为今天没什么好玩的。
　　　　　　　我们向他们鼓足气而吹，
　　　　　　　我们的豪气会掀翻他们。
　　　　　　　跟在我方阵后的闲杂人，
　　　　　　　正无事干，如蜂拥而上，
　　　　　　　足以扫平这帮窝囊之敌，
　　　　　　　我们且立山脚袖手观战，
　　　　　　　不过事关荣誉，不可为。
　　　　　　　还说什么？只消动指头，
　　　　　　　就轻取全胜。快吹军号，
　　　　　　　令将士疾驰席卷而进，
　　　　　　　其势浩浩必威压疆场，
　　　　　　　英军惊溃，俯首就擒。

葛朗伯莱上

葛朗伯莱　　你们还在等什么呢，法军将士们？

岛国来的行尸走肉绝望至极，

大清早就去战场上等死，

丢人现眼，兵家之耻。

但见他们的破旗狼藉不整，

任由我们的风来摇曳戏弄，

这支破队伍辱没伟大的战神，

在锈朽的头盔下他两眼无神。

他们的骑兵呆立如烛台，

手持火把，驽马瘦如柴，

眼屎沾满死白的眼，

马嘴惨白衔嚼铁，

满嘴草料，生气了了。

恶乌鸦在他们头上盘旋不去，

不耐烦地等待他们的死期。

这支军队一副死相，

死气沉沉，气息奄奄，

难以言表，不可名状。

大元帅　　他们已经做完祷告，等待死亡。

太子　　我们要给他们送食物和新衣，

给他们的饥马送饲料，

然后再同他们开战吗？

大元帅　　我在等候军旗而已。向战场冲啊！

我要用军号作军旗，

情急何不可？出发！

日头已高，勿虚掷光阴。　　　　　　　众人下

第三场 / 第十二景

阿金库尔附近之英军营地

格洛斯特、贝德福德、埃克塞特、欧平汉及随众、索尔兹伯里与威斯特摩兰上

格洛斯特　　国王在哪里？

贝德福德　　国王亲自骑马去观察敌阵。

威斯特摩兰　他们有整整六万兵力。

埃克塞特　　五对一；而且他们全是生力军。

索尔兹伯里　愿上帝助我！战局险恶。

　　　　　　　各位亲王，我要去军中。

　　　　　　　此一别，人间不见天堂见。高兴而别吧！

　　　　　　　高贵的贝德福德公爵、敬爱的格洛斯特公爵、

　　　　　　　仁厚的埃克塞特公爵、

　　　　　　　慈爱的亲眷[1]、将士们，别了！

贝德福德　　再会，好索尔兹伯里，好运与您同行！

埃克塞特　　再会，仁爱的伯爵，今日勇战一仗吧。

　　　　　　　然而我的这番嘱咐实属多余，

　　　　　　　因为您天生大勇无畏心志坚。　　　　　　索尔兹伯里下

贝德福德　　此人仁勇双馨，

　　　　　　　二德俱备之才。

亨利五世上

威斯特摩兰　啊，我唯愿今天在英格兰

　　　　　　　还有一万闲人，

1　这里的亲眷指威斯特摩兰。索尔兹伯里的女儿是威斯特摩兰的儿媳，故言此。

来充我兵源。

亨利五世　谁人有如此的愿望？

是威斯特摩兰姑丈吗？

非也，我的好姑丈，

如注定必死，我们人数已足，

为国捐躯，如活下来，人少誉大。

天意如此，勿望多一人。

我不贪财宝，也不在乎

破费供人衣食之需，

身外之物非我所欲求。

如求荣誉为罪，我则罪大。

真的，姑丈，无求英格兰多一人，

分享荣誉，夺我所求。

啊，不多要一卒，你宁可明示全军：

无心此战者皆可离队，

并发通行证及旅费。

我们不愿同这些人共死，

因他们贪生怕死。——

（对众人）今天是克里斯宾节[1]：

熬过今日不死而重返故里者，

每当此日，满腔自豪；

闻克里斯宾节而心潮澎湃，

谁熬过此日，一年一度至老，

节前宴请邻里会说：

1　圣克里斯宾节（Saint Crispin's day）在 10 月 25 日，为纪念基督教圣徒克里斯宾兄弟殉道所设。

“明天是圣克里斯宾。”
然后挽袖露出伤疤，
说：“克里斯宾这天，
我负伤留下的疤痕。”
人老易忘，但是他，
即使忘掉一切往事，
他会清清楚楚记得
那天他的战斗业绩。
他传扬我们的名字，
家喻户晓。哈利王、贝德福德、埃克塞特、
沃里克、塔尔博特、索尔兹伯里、
格洛斯特等等英名，
在畅饮中记忆犹新。
好老人家把这故事，
传讲给他的儿子听，
克里斯宾节永流传，
从今日至世界末日，
我们将被永远怀念；
我们是少数，幸运的少数，
一伙好兄弟，
今天与我同流血者，
皆成为我的兄弟，
尤论出身多低微，今天将晋身高贵。
此刻眠于床榻的英国绅士，
将会后悔未上今日之战场，
当别人谈起圣克里斯宾节之役，
他们丈夫气短，枉为男子汉。

索尔兹伯里上

索尔兹伯里　　陛下，快速行动啊，

法军已耀武扬威列阵，

立刻就要向我军进攻。

亨利五世　　如果我们的头脑有备，则万事俱备。

威斯特摩兰　此刻还想退缩的人，必死！

亨利五世　　你不再指望英格兰来援兵啦，姑丈？

威斯特摩兰　天意在上，陛下，我倒希望您和我，

无任何其他人，能独立打这一大仗！

亨利五世　　嗨，你现在连这五千人也不想要，

不过他们爱戴我，不至于弃我而去。——

都知道自己的位置啦。天佑各位！

号声。蒙乔上

蒙乔　　　　我再次前来向你探悉，哈利王，

在你必败无疑、身临深渊之前，

你是否愿意交纳赎金向我求和，

因为你必将身名俱灭于此劫难。

此外，出于慈悲之心，

大元帅希望，

你务必提醒你的兵将勿忘忏悔，

以便他们的灵魂离开战场之后，

能得到安宁的归宿，因为他们，

可怜啊，必定横尸沙场任腐烂。

亨利五世　　这次谁派你来的呀？

蒙乔　　　　法国大元帅。

亨利五世　　请你带回我原先的答复，

叫他们先擒了我，

再卖我的骨头吧。

上帝啊，他们为何如此这般欺人？

从前有人在逮住狮子之前，

就把狮子的皮卖了，

结果猎狮却丢了命。

我们之中许多人，

无疑将埋骨故土，坟前的铜牌上，

将镌刻着今日的事迹，永远流传。

而那些把英烈之骨遗留在法国，

虽然埋在你们的粪土里的勇士们，

将流芳千古，因为太阳照耀他们，

扬豪气于高天，尸骸壅塞法国，

瘴疠之气弥漫，致使瘟疫大流行。

看吧，这就是英国人的英雄气概，

人已死，却像子弹呼啸，弹起来，

二次杀敌，如尸体还魂再上疆场。

我要自豪地说：告诉你们的元帅，

我们是来打仗的战士，华丽外表，

闪闪金光，行军早被雨打风吹去。

我的兵士的头盔上已无一片羽毛 [1]——

这正好证明，我们不会插翅而逃——

而时间消损我们以至于外表邋遢，

但我们的心整洁不乱，待命而动。

我的可怜的兵士对我说：天黑前，

他们将换新装，不然就要动手，

---

1 指头盔上插的装饰性的羽毛。

扒下法兵的漂亮新衣，把他们遣散，
如果他们这样干——如上帝恩准，
他们会这样干——这样一来的话，
我的赎金将很快凑齐。使节啊，
你就省点力气，不要再来讨赎金，
传令官。我发誓他们将一无所获，
只有我死后留给他们的这副躯壳，
如果他们得手，也难以任意摆布。
就这样去回禀元帅吧。

蒙乔　　　　我会照办，哈利王。就此告辞，
绝不会再有传令官来打扰你了。　　　　　　下

亨利五世　　恐怕你还会跑来讨赎金。
约克上

约克　　　　（跪地）陛下，卑职下跪恳求，
充任前卫部队将官。

亨利五世　　准此，勇敢的约克。——士兵们，立即出发！
上帝啊，今日成败，全在你手中！　　　　众人下

第四场　　／　　第十三景

阿金库尔战场
警号。战斗场面。毕斯托尔、一法兵与侍童上

毕斯托尔　　投降，狗东西！

法兵 [1]	我看你是一位有教养的绅士。
毕斯托尔	什么有家养我的心肝姑娘？[2] 你是绅士吗？什么名字？快说！
法兵	啊老天爷！
毕斯托尔	啊，老田爷[3] 该是个绅士吧。
	听着，好好掂量，老田爷，
	啊老田爷，
	（拔剑）一剑要你的命，
	除非你付给我一大笔赎金。
法兵	啊，饶命！可怜可怜我吧！
毕斯托尔	一个"莫依"[4] 不行，要四十个。
	否则我一剑穿你的肠胃到喉咙，
	叫鲜血一滴一滴流。
法兵	请你通融通融不行吗？
毕斯托尔	铜[5]，恶狗？
	你这该死的骚山羊，
	居然拿铜子来买命？
法兵	啊，对不起。
毕斯托尔	你在说我吗？有一吨钱币？[6]
	童儿，来用法国话问这个奴才

1　本场中该法兵一直说法语。——译者附注

2　本句原文 *Qualtitie calmie custure me* 为毕斯托尔胡诌的一个法语单词 *qualité*（"教养"，他发讹音了，故译"家养"）同一句时兴的爱尔兰语歌词 *cailin og a stor*（"姑娘，我的心肝"）的混合。

3　毕斯托尔的法语发音不准。

4　毕斯托尔把法语 *moi*（我）误听为 moy（钱币）。

5　法语 *bras*（手臂）被毕斯托尔误解为英语的 brass（铜、铜钱）。

6　"一吨钱币（a ton of moys）"是毕斯托尔对法语"对不起（*pardonnez-moi*）"的误解。

	他叫什么名字。
侍童	听着，你叫什么名字？
法兵	我姓铁。
侍童	他说他姓铁。
毕斯托尔	姓铁？我要踢他，我要剔他，我要剃他。[1] 用法国话翻译给他听。
侍童	我不知道法语怎么讲"踢"、"剔"和"剃"。
毕斯托尔	叫他准备好，我要割他的喉咙。
法兵	他说的啥，先生？
侍童	他命令我告诉你，叫你做好准备，因为这个当兵的此时 此刻已拿定主意，要割你的喉咙啦。
毕斯托尔	对对，割割喉咙，一点不假。[2] 乡巴佬，快给钱，闪亮的钱， 不然我这把剑将你大卸八块。
法兵	啊，我求求你，凭上帝的仁爱，饶我一命吧！我出身良 正的家庭。饶了我吧，我送你二百克朗[3]。
毕斯托尔	他说些啥？
侍童	他求你饶命。说他出身好人家，愿给你二百克朗作买命 的赎金。
毕斯托尔	告诉他本人此刻已息怒，愿收克朗了事。
法兵	他说什么，小先生？
侍童	他说虽然这违反他的不饶战俘的誓言，然而你答应给他

1　原文 Fer，法语中是"铁"的意思。毕斯托尔故意借此玩文字游戏（I'll fer him, and firk him, and ferret him.），并无多大实际意义。

2　原文为毕斯托尔的蹩脚法语（Owy, cuppele gorge, permafoy.）。

3　克朗（Crown）为欧洲许多国家使用的货币单位。——译者附注

	克朗，他同意不杀你，放你走人。
法兵	我跪谢你不杀之恩，我认为我很幸运，遭逢你手中，我认为你是全英格兰最勇敢、最有胆略、最可敬的人物。
毕斯托尔	译给我听，童儿。
侍童	他说他跪谢你不杀之大恩大德，他觉得他很幸运，落到你手中，他认为你是全英格兰最勇敢、最有胆略、最可敬的人物。
毕斯托尔	我喝血，也行善。跟我来！
侍童	快紧跟伟大的中尉！

毕斯托尔与法兵下

从未见过如此高昂的声音发自如此空洞的心。可是常言说得好："空瓶响声大。"巴道夫和尼姆的胆量比这个旧戏里的咆哮的魔鬼大十倍，谁都可以拿木刀[1]修他的脚爪，他们两个都被绞死了，这一个也会是同样下场，如果他胆敢趁火打劫的话。我得同童儿们一起看守营地的辎重。要是法军知道只有童儿们在看守，他们可能来一抢而空。

下

第五场 / 景同前

大元帅、奥尔良、波旁、太子与朗菩尔上

大元帅　啊，真见鬼！

1　旧时的道德戏里，木刀是魔鬼的传统道具。

奥尔良	天啊！一败涂地，全盘皆输！
太子	但求一死啊！全完啦，全毁啦！
	谴责和无尽的耻辱永悬我们的盔羽之上。
	啊，厄运劫数！（一声短促警号）
	不要逃跑！
大元帅	哎，我们的军队全溃散啦！
太子	啊，永恒的耻辱！我们自行了断了吧！
	我们这一场赌博就落得这可怜下场？
奥尔良	这个国王就是我们讨要赎金的那个吗？
波旁	耻辱，永世之耻！刻骨铭心之耻！
	我们不如重回战场战死！
	此刻有谁不愿跟我波旁去拼命，
	让他走开，手握帽子，贱如龟奴，
	恭立闺门，任一贱奴，
	贱不如我的狗的贱奴，
	作践他如花似玉的闺女。
大元帅	混乱毁了我们，而此刻混乱于我们有利。
	我们就趁这大乱以死相拼吧。
奥尔良	战场上我方尚存兵将的数量，
	足令英军闷死在我军的人群中，
	只要设法部署一下我军的部队。
波旁	部署见鬼去吧！我要冲进兵群中去！
	不如快死，否则耻辱绵绵无期！ 众人下

第六场 / 景同前

警号。亨利五世、其随从埃克塞特及余带战俘上

亨利五世　我军打得漂亮，勇不可当。

　　　　　但战事未完，法军仍在战场。

埃克塞特　约克公爵向陛下致意。

亨利五世　他还活着吗，好叔父？

　　　　　我见他一小时三次倒下三次站起，

　　　　　勇斗至血染战盔和靴子。

埃克塞特　以如此英姿，这勇士倒下了，

　　　　　血沃大地，在他血泊里

　　　　　卧躺着高贵的伯爵萨福克，

　　　　　一身伤痕，一身光彩。

　　　　　萨福克先死，约克伤痕累累，

　　　　　爬到他的身边，深浸血里，

　　　　　抚他的胡须，吻满面伤口，

　　　　　他大声叫喊道：

　　　　　"萨福克兄弟，且慢行！

　　　　　我的灵魂陪您上天堂。

　　　　　慢些，等等我，亲爱的灵魂，

　　　　　我俩比翼飞，如在疆场

　　　　　以骑士精神，并肩鏖战，

　　　　　打了这光荣的一仗。"

　　　　　此刻我走过去安慰他，

　　　　　他微笑地抓住我的手，

无力一握，说："好公爵啊，

代我致意王上。"

说罢，以伤臂抱萨福克之颈，

吻其唇而死去，

以血立遗愿，兄弟情永恒。

这一幕感天地，

我止不住泪水，

男子气概不足，

儿女情长满襟，

竟痛哭失声。

亨利五世　难怪您失声痛哭，

听您所说，我如不强忍，

也悲泪纵横零涕。（警号）

听号声，这是何意？

法军重新集结了。

传我的命令全军，

每个士兵立斩尽战俘。　　　　　　　　　　众人下

第七场　／　景同前

弗鲁爱林与高厄上

弗鲁爱林　把看守辎重的童儿们都杀了！这完全违反战争的规矩。简
直是无赖行为，您见过吗，凭良心说，看啊，难道不是吗？

高厄	无一童儿幸免，就是那些从战场上逃跑的怯懦的流氓干的。此外，他们还烧毁了国王的营帐，抢光了里面的东西，所以国王一怒之下完全正当地命令每个兵士杀掉俘虏。啊，好一个侠勇的国王！
弗鲁爱林	哎，他出生在蒙茅斯[1]，高厄上尉。亚历山大太帝出生的那个城市叫什么名字？[2]
高厄	亚历山大大帝。
弗鲁爱林	嗨，请问，"太"和"大"不是一回事吗？"太"也好，"大"也好，"伟"也好，"巨"也好，"强"也好，意思都是一样，只是字眼略有不同罢了。
高厄	我认为亚历山大大帝出生在马其顿[3]，其父叫马其顿的腓力，我想是如此。
弗鲁爱林	我想亚历山大出生的地方就是马其顿。我跟您说，上尉，您在世界地图上肯定会发现马其顿和蒙茅斯这两个地方在地形方面非常相像。马其顿有一条河，蒙茅斯也有一条河，名叫瓦伊河[4]；马其顿的河的名字我记不起啦。可是这两条河都一个样，正如我的指头同我的指头没有区别一样：两条河里都有鲑鱼。如果您仔细研究亚历山大的生平，就会发现蒙茅斯的哈利同亚历山大有很多类似之处，正如万物之中皆有相似之处。亚历山大，上帝知道，您也知道，一次盛怒之下，激愤之中，脾性大发，又恨又气，趁着酒兴，酒助怒火，您看，就这么一刀杀

---

1 蒙茅斯（Monmouth）：威尔士南部一城市。
2 原文中弗鲁爱林将 Alexander the Big 发音成 Alexander the Pig，故有下面高厄对其的纠正。翻译时将其处理成"大帝"与"太帝"之别。——译者附注
3 马其顿（Macedon）：位于现希腊北部。
4 瓦伊河（Wye）：位于威尔士同英格兰的边境处。

	了他的挚友克利图斯。
高厄	我们的国王可不像他，从未杀过他的朋友。
弗鲁爱林	听着，我的故事还没讲完，还没结尾，您就打断我的话，不好吧。我只是打个比方说说罢了，正如亚历山大酒醉杀了他的朋友，蒙茅斯的哈利则清清醒醒、深思熟虑地驱逐了那个大腹便便、满嘴笑话、插科打诨、一肚子鬼主意、满脑子邪门歪道的大胖子骑士——说了半天，我倒忘记了他的尊姓大名。
高厄	约翰·福斯塔夫爵士。
弗鲁爱林	就是他。听我说，蒙茅斯名人辈出。
高厄	王上驾到。

警号。亨利五世、波旁及余带俘虏上。喇叭奏花腔

亨利五世	自从来到法国至此刻， 我还没有如此勃然动怒。 传令官，你带一个号手， 骑马向山上的骑兵宣布： 如他们愿战，就下山，如不愿， 着他们立刻就撤离战场， 以免我们触目生厌生气。 若他们不战不撤，我们将驱逐， 叫他们如滚石一般溃逃。 另外我们要杀全部俘虏， 一个不饶。就这样告诫他们。

蒙乔上

埃克塞特	法国的传令官来啦，陛下。
格洛斯特	他的目光比原来谦卑多了。
亨利五世	怎么回事？此来何意，传令官？

你不记得我以一身骨头抵赎金吗?

又来讨赎金啦?

蒙乔 非也,伟大的王上,

我此来恳请您悯情恩准,

允我们清点血腥的战场上

我方阵亡者并掩埋他们,

把贵族同普通士兵分开。

可悲啊!许多王公显贵,

浸尸在雇佣兵的血泊里,

农夫又泡在贵族的血里;

伤马在积血里挣扎怒嚎,

铁蹄猛踢它主人的尸身,

再次屠戮致其二度死亡。

啊,陛下,伟大的君王,

请您恩允我们清理战场,

把阵亡兵将的遗体安葬!

亨利五世 实言相告,传令官,

我不知道我们是否已胜,

因为你们还有很多骑兵,

在战场上纵马飞奔搜寻。

蒙乔 你们胜利了。

亨利五世 为胜利,赞美上帝,非我们的能力!——

旁边这座城堡叫什么?

蒙乔 叫阿金库尔。

亨利五世 那我们称此地为"阿金库尔战场",

克里斯宾节见证这一仗。

弗鲁爱林	您的名垂青史的祖父[1]，陛下记得的，还有您叔祖"威尔士黑王子"爱德华，据我读史所知，曾在此法国的土地上打过最辉煌的一仗。
亨利五世	确曾如此，弗鲁爱林。
弗鲁爱林	陛下此言真确。陛下兴许记得，威尔士人在一个韭菜园子里打了一个大胜仗，他们戴的蒙茅斯式的帽子[2]上插着韭菜，陛下知道，时至今日，这也是军队的光荣标志，我深信陛下您在圣大卫节也不会不喜欢在帽子上插韭菜。
亨利五世	我要插韭菜，这是值得纪念的光荣， 因为我是威尔士人，老乡，您知道。
弗鲁爱林	倾尽瓦伊河的水，也洗不去您身上的威尔士血液，我敢说。为了陛下，但愿上帝永保威尔士血脉！
亨利五世	多谢多谢，好老乡。
弗鲁爱林	耶稣保佑，我是陛下的老乡，我不怕别人知道。我愿向天下所有的人承认此事。只要陛下为人正直，赞美上帝吧，我没有必要羞于为陛下的乡邻。
亨利五世	唯愿上帝助我永做正人君子！

威廉斯上

	我的传令官即与你同去，
	查明双方确切阵亡人数，
	而后禀报与我。——　　　　　　　　　　传令官与蒙乔下
	（指威廉斯）叫那边那人过来。
埃克塞特	当兵的，快来见国王。
亨利五世	当兵的，你干吗挂一只手套在帽子上？

1　指爱德华三世。

2　一种无帽檐的圆帽，帽顶呈锥形，最初产于蒙茅斯。

威廉斯	回陛下的话，这是同某个人的誓约：如果他还活在人世的话，见此手套就得同我较量一番。
亨利五世	此人是英国人吗？
威廉斯	回陛下的话，此人是个无赖，昨晚同我大吵大闹，他如果活着前来认这只手套的话，我发过誓要当面给他一个耳光；如果我看见他的帽子上挂的手套——他发过誓作为军人他只要活着一定把这只手套挂在帽子上——我就会上前痛打他一顿，把那手套都打下来。
亨利五世	您的看法呢，弗鲁爱林上尉？这个兵如此守诺合适吗？
弗鲁爱林	回禀陛下，凭良心说，如他不这样做，他就是一个懦夫加无赖。
亨利五世	也许他的对手是一个大人物，不适合接受他这样的人的挑战。
弗鲁爱林	即使他地位高，比得上撒旦和魔王，陛下，他也得守信履诺；如若他悔诺违誓，他就臭名远扬，成为踏破铁鞋才找得到的无耻之徒，这是我的肺腑之言咯！
亨利五世	与那人相遇时，那你就如诺而行吧，老弟。
威廉斯	只要我活着，我一定照办，陛下。
亨利五世	你在谁的手下当兵？
威廉斯	在高厄的部队，陛下。
弗鲁爱林	高厄是一个出色的上尉，有知识，饱读兵书。
亨利五世	叫他过来见我，当兵的。
威廉斯	我即刻就去，陛下。　　　　　　　　　　　　　下
亨利五世	（递给他威廉斯的手套）给，弗鲁爱林，帮我个忙，您把这只手套挂在您的帽子上。我同阿朗松一齐倒在地上的时候，我从他的头盔上扯下了这只手套。如果任何人来认这只手套，那他就是阿朗松的朋友，我们的敌人；如

果您碰到这样一个人，就把他抓住，算是您对我尽一份忠勤。

弗鲁爱林　　陛下对我的恩宠天下臣子求之不得哩。我倒想看看此人何许人，叫他为这只手套吃点苦头；一言为定。我愿立刻见到此人，如果上帝恩允的话。

亨利五世　　你认识高厄吗？

弗鲁爱林　　他是我的好友，陛下。

亨利五世　　请你把他找来，我在营帐里等他。

弗鲁爱林　　我即刻就去。　　　　　　　　　　　　　　　　下

亨利五世　　沃里克伯爵、格洛斯特王弟，

你俩紧跟在弗鲁爱林后面。

我赏给他的那只手套，

也许会给他招来一个耳光。

这是那个兵的手套，如约我该亲自戴上。

跟着他，沃里克，好兄弟，

如那兵打他——他那般直率，

说到做到，恐生不测。

我深知弗鲁爱林生性暴躁，

发作迅猛如火药，

以恶抗恶不手软。

跟着他以免出事。

同我一起走吧，

埃克塞特王叔。　　　　　　　　　　　　　　　众人下

第八场　/　景同前

高厄与威廉斯上

威廉斯　　　我担保要封你做爵士啦，上尉。

弗鲁爱林上

弗鲁爱林　　真是天意，上尉，把你找到啦，赶快去见陛下，也许做
　　　　　　　梦都没想到的好事等着你。

威廉斯　　　先生，你认得这只手套吗？

弗鲁爱林　　这只手套？我知道这只手套就是一只手套而已。

威廉斯　　　我可认得它，所以我向你挑战。（打他）

弗鲁爱林　　你他妈的，天字第一号卖国贼，走遍天下，不管在法国，
　　　　　　　还是英格兰，都知道你！

高厄　　　　（对威廉斯）怎么回事？你这个坏蛋！

威廉斯　　　你以为我发誓等于放屁？

弗鲁爱林　　你让开，高厄上尉。我要叫这个卖国贼吃我几拳，教训
　　　　　　　教训他。

威廉斯　　　我不是卖国贼。

弗鲁爱林　　你当面撒谎。我以陛下的名义命令你逮捕他。他是阿朗
　　　　　　　松公爵的朋友。

沃里克与格洛斯特上

沃里克　　　怎么啦，怎么啦？怎么回事？

弗鲁爱林　　沃里克爵士，这是——感谢上帝啊！——一桩大卖国罪
　　　　　　　被揭发在光天化日之下了，你看，一清二楚，就像夏季
　　　　　　　的白天一样。王上驾到。

国王与埃克塞特上

亨利五世	怎么啦？出什么事啦？
弗鲁爱林	陛下，就是这个坏蛋兼卖国贼，一见这只手套就打人，而这只手套是王上从阿朗松的头盔上摘下来的。
威廉斯	（展示另一只手套）陛下，这是我的手套，这是另一只。同我交换手套的那个人许诺把手套挂在帽子上。我许诺如果他这样做，我看见了就要打他。我碰见这个人把我的手套挂在帽子上，所以我就依诺行事了。
弗鲁爱林	陛下请听，恕我唐突，这个家伙是一个无赖、无耻、无德之徒。谨请陛下当场为我作证：这只手套是阿朗松的，是陛下交给我的。凭良心，作面证。
亨利五世	把你的手套给我，当兵的。 （展示他的手套）瞧，另一只在这儿。 你发誓要打我，骂得刻毒。
弗鲁爱林	陛下，就拿他的脖子抵罪，如果天下还有军法在的话。
亨利五世	你如何赔罪？
威廉斯	陛下，一切冒犯都是存心的。而我绝无犯上之心啊。
亨利五世	你对我出言不逊。
威廉斯	陛下您来的时候不像您本人的样子，您显得像一个小兵；天又黑，还有您穿的衣服，看起来职位很低。在这种形象下陛下受的气，求陛下明鉴，这是您自己之过，非我之过，因为如果陛下当时是我现在看见的这个样子，我就不会冒犯了。求陛下饶恕我吧。
亨利五世	埃克塞特王叔，把这手套装满克朗， 送给这位老弟。——收下吧，老弟， 把手套挂在帽上多光彩， 直到我来向你挑战。—— 把钱给他。（埃克塞特递钱给威廉斯）——

	上尉，同他交个朋友吧。
弗鲁爱林	青天白日说句公道话，你这小子真有种啊。（给威廉斯钱）——拿着，给你十二便士，你要好好敬奉上帝，不与人吵不与人闹，不要争强斗胜张狂，你肯定会蒸蒸日上。
威廉斯	我不要你的钱。
弗鲁爱林	我这是好意。拿去补补你的鞋子吧。嘿，干吗这么扭捏？你的鞋烂了。这一枚先令是真的咯，你放心，不然我给你换一个吧。

传令官上

亨利五世	呵，传令官，阵亡人数查明了吗？
传令官	（递过一文件）这是法军的死亡人数。
亨利五世	我们抓的俘虏中有哪些重要人物，叔父？
埃克塞特	（念）"有法王之侄儿奥尔良公爵、
	波旁公爵、蒲西加爵士，
	加上其他爵士、男爵、骑士和绅士等，
	有一千五百人，不含士兵。"
亨利五世	据这份报告，一万法国人被屠戮于战场，
	其中王侯和举军旗的贵族，
	达一百二十六名；此外，
	加爵士、候补骑士和勇绅，
	共计死亡数八千四百人，
	其中五百爵士昨日所授；
	他们所折损的一万人中，
	仅一千六百人为雇佣军，
	余者全是王侯、男爵、
	贵族、爵士、候补骑士、
	以及德高望重的绅士等。

阵亡者的贵族名单中有：

查理·德拉勃莱[1]大元帅、

海军上将沙蒂永的雅克、

弓弩手指挥朗蒂尔爵士、

勇敢的大臣基夏·杜芬、

阿朗松公爵约翰、布拉班特公爵安东尼、

勃艮第公爵之兄弟、巴尔公爵爱德华；

慷慨激昂伯爵则有葛朗伯莱、罗西、

福肯布里奇、福华、波蒙、马尔、伏德蒙、莱特拉。

他们对王室都以死相报。——

我们英军阵亡的人数呢？（传令官递过另一文件）

（念）"约克的爱德华公爵、萨福克伯爵、

理查·克特利爵士、

台维·甘姆候补爵士"；

重要人物没有了，余者皆普通士兵，

总共不过二十五人。

啊上帝，你的伟力，在此显灵！

这一切全归功于你的神力，

我们自己微不足道！

谁见过，两军对垒不施计谋而拼实力，

一方损失惨重，而另一方略有伤亡？

上帝啊，唯你之功，非人力可为。

埃克塞特　　妙不可言！

亨利五世　　来，我们列队到村里去，

　　　　　　当众宣告：谁要自夸胜仗，

1　此处作 Delabreth，第三幕第五场处作 Delabret。——译者附注

窃据上帝之功为己有者，
当问死罪！

弗鲁爱林 陛下，如果讲杀敌多少，算不算违令呢？

亨利五世 那不算，不过必须表明：
上帝为我们而战。

弗鲁爱林 确实，说良心话，他帮了我们大忙。

亨利五世 虔心敬上帝，高唱"荣耀不属于我们"[1]、
"赞美归于上帝"[2]的圣歌，
以悲悯安葬死者，然后进军加来，
尔后重返英格兰，
从法国快乐而归。 众人下

---

1 "荣耀不属于我们"原文 *Non Nobis*，是《圣经·诗篇》第 115 篇开头的句子。

2 "赞美归于上帝"原文 *Te Deum*，取自感恩赞美诗"感恩颂"。

第 五 幕

致辞者上

致辞者   我要提醒未读过这段历史的看官，

接下来将演绎轰轰烈烈的故事，

一如往常请原谅时光瞬间飞转，[1]

不多的演员代表千军万马之众，

历史事件纷繁复杂难以尽现舞台。

此刻我们让国王现身加来，他到啦；

但见他，

乘你思想之翼，

跨越大海。看哪，英格兰海滩，

男女老少如潮涌，

欢呼声盖过海咆哮，

如威武的仪仗，

为国王开路清道。

让他登陆驾到，

庄重地目送他去伦敦。

思想的步伐快如飞，

你可以尽情想象，

他已来到黑荒原[2]，

众大臣希望他，

---

1 自前一场至这一场之间，时间跨度为五年。

2 黑荒原（Blackheath），又译布莱克希思，为伦敦以南一大片公地。

戴上战损的头盔，

佩上砍弯的刀剑，

以招摇过市。他拒绝了，

因为他已除尽虚荣心，

毫无自诩自傲之骄情；

将胜利和荣耀全归上帝。

看哪，思想之轮高速运转，

转眼就看见伦敦市民倾巢出迎。

市长与他的全体同僚盛装而出，

如古罗马元老身后跟大群平民，

前去恭迎凯旋的凯撒将军。

盛况稍逊却也很类似的先例：

我们的圣明女王的将军 [1] 从爱尔兰荣归，

他的利剑扫平了叛乱，多少市民，

倾城而出迎他归返这和平之城？

而欢迎这位哈利的市民更如潮涌，

迎他凯旋，更有千条万条理由。

此刻就让他驻停伦敦，只因为，

法国正举国哀伤，英格兰国王，

需留国内，待罗马皇帝来调停， [2]

代表法国，以缔结两国和平。

哈利再莅法国之前，大小事件纷繁

---

1 指伊丽莎白一世（Elizabeth I）时期的埃塞克斯伯爵（Earl of Essex），1599 年的大部分时间为驻爱尔兰英军的统帅。

2 指神圣罗马帝国皇帝西吉斯蒙德（Sigismund）1416 年至英格兰一事。

恕不详表，瞧，他到法国啦；[1]
我此番言语是对这期间的交代，
谅多有删减，让你的目光驰骋，
跟随你的想象，直飞法国吧。 下

第一场 / 第十四景

法国，英军营地

弗鲁爱林及高厄上

高厄 呃，那就对啦。可是你为什么还把韭菜插在头上？圣大
卫节已经过了。

弗鲁爱林 世间万事都自有其道理。你既然是我的朋友，我就告诉
你缘由吧，高厄上尉。毕斯托尔那个无赖、贱种、叫花
子、讨人嫌、大话大王，你知道，无人不知道他这个人
比最无出息的人好不了多少，他昨天跑到我面前来，拿
了一块面包一把盐，要我把我的韭菜吞下去。当时大庭
广众之下，我没跟他吵，但我就要把这棵韭菜插在头上
直到再碰见他，我就要告诉他我有一个小小的愿望。

毕斯托尔上

高厄 嘿，他来啦，趾高气扬的，像只大火鸡。

弗鲁爱林 他趾高气扬也好，他像大火鸡也罢，我不在乎。——但
愿上帝保佑你，毕斯托尔旗官。你这个讨人嫌的贱骨头，

1　1417 年 8 月 1 日，亨利五世率军四万，再次发动对法战争。——译者附注

　　　　　　　　但愿上帝保佑你！

毕斯托尔　　　哈，你疯癫啦？下贱杂种，

　　　　　　　　找死找到我面前来啦？

　　　　　　　　你那一身韭菜味叫我恶心！

弗鲁爱林　　　我衷心地请求你，恶心的贱东西，满足我的愿望、我的
　　　　　　　　要求、我的恳求，把这棵韭菜吞下去，原因很简单：你
　　　　　　　　不爱吃韭菜，你的感情、你的胃口和你的肠胃同韭菜冲
　　　　　　　　突，所以我希望你把这棵韭菜吞下去。

毕斯托尔　　　即使卡德瓦拉德国王在此，把他的所有山羊都给我，我
　　　　　　　　也不吃！[1]

弗鲁爱林　　　我给你一头山羊。（打他）
　　　　　　　　下流胚，吃不吃？

毕斯托尔　　　你这个杂种，你死定啦！

弗鲁爱林　　　你说得很对，流氓，死生天定。现在我要你活着吃东西。
　　　　　　　　来呀，再加点佐料。昨天你叫我"山野绅士"，今天我要
　　　　　　　　你作下流绅士。（打他）我请你赶快吃，你能嘲弄韭菜，
　　　　　　　　你就能吃下韭菜。

高厄　　　　　行了，上尉，你把他教训够了。

弗鲁爱林　　　听着，我一定要他把韭菜吃些下去，不然我要把他的脑
　　　　　　　　壳打四天。——咬一口啊，我求你。这对你身上的棍伤
　　　　　　　　和你那颗淌血的脑瓜子都有好处。

毕斯托尔　　　我非得咬吗？

弗鲁爱林　　　是的，当然，毫无疑问，不可置疑，毫不含糊。

毕斯托尔　　　这韭菜之仇，我非报不可。我吃，我吃，我发誓——（吃）

1　卡德瓦拉德（Cadwallader）是公元 7 世纪威尔士一个尚武的国王。在传统上山羊往往同威尔
　　士相关。

弗鲁爱林	（弗鲁爱林威胁或打他）我请你快吃啊。韭菜要再加些佐料吗？这儿没有那么多韭菜拿给你发誓。
毕斯托尔	你不要动棍子，我就吃。（吃）
弗鲁爱林	对你大有补益，流氓，开心吃吧。一点不要扔，这皮对你的破头皮可好啊。今后你有机会看见韭菜，请你也这般嘲弄吧，我就这句话。
毕斯托尔	好啊。
弗鲁爱林	呃，韭菜就是好啊。（拿出一钱币）给你这四便士，去医你的脑壳。
毕斯托尔	给我？
弗鲁爱林	没错，没假，你必须拿着，不然我口袋里还有一把韭菜叫你吃下去。
毕斯托尔	这钱我收下，作为我此仇必报的定金。
弗鲁爱林	如果我还欠你什么东西，我一定用棍子来偿还你。你今后就当个木材商吧，同我打交道只有棍棍棒棒。上帝与你同在，保佑你，医好你的脑壳。　　　　　　　　下
毕斯托尔	如此大仇，非报不可。
高厄	走吧，快走吧，你这个虚张声势的胆小鬼。你今后还嘲笑古老的习俗吗？别人在头上插韭菜是为了表示对先人的丰功伟绩的崇敬，而你出言不逊相讥，却色厉内荏。我看见你两三次对这位绅官肆意讥讽。你以为他的英国话讲得不地道，所以英国棍子也用不地道？结果你错啦，所以让一个威尔士人教你怎样做一个英格兰人吧。再会！　　下
毕斯托尔	难道命运这个荡妇跟我翻脸啦？ 消息说桃儿得法国病[1]死在医院，

1　法国病即指梅毒。

我现在无知心知己可情投意合。

我老啦，挨几棍子就手脚无力，

尊严全无。重操旧业开窑子吧，

我又倾向于做手脚麻利的扒手。

我偷偷地回英格兰去偷偷地偷，

找些绷带把棍伤包扎好，

一口咬定，在法国打仗，

我负了一身战伤。　　　　　　　　　　　　下

第二场　　／　　第十五景

法国王宫

亨利五世、埃克塞特、贝德福德、沃里克、格洛斯特、克拉伦斯、威斯特摩兰及诸大臣自一侧上；王后伊莎贝尔、法国国王、勃艮第公爵及包括凯瑟琳和艾丽丝在内的其余人自另一侧上

亨利五世　　　愿和平降临盛会，我们为和平相会。

祝法国王兄王后圣安，

快乐吉祥；祝愿最高贵、

最美丽的凯瑟琳王妹妹，

欢乐永继，好运常相随，

勃艮第公爵玉成此盛事，

我向您表示由衷的敬意！

恭祝法国王公贵族贵体康泰！

法王	最令人敬仰的英格兰王兄， 今幸瞻尊容，我欣喜之至， 各位王亲，幸会幸会。
王后伊莎贝尔	英格兰王兄， 今日良辰雅会， 愿能美满结果， 收获大吉大利， 既然此刻我们喜见您的双眼—— 您的双目这以前是两尊巨炮， 炯炯有杀气地对准法国人。 我真希望恶意之情已然改变， 今日盟会化怨恨争执为友爱。
亨利五世	对此高呼"阿门"，我们正是如此。
王后伊莎贝尔	各位英格兰贵亲，我向你们致礼。
勃艮第	我对你们二位， 伟大的法国国王、 伟大的英格兰国王， 以同等的敬爱， 都负有职责！我不辞劳苦，竭心智， 赴全力，终于使两位帝君王宫晤首， 此刻，陛下双方是最好的历史见证。 我的使命已初成， 你们已面面相见， 握手言欢，我不揣冒昧， 犯颜一问： 还有什么阻碍存在， 致使衣不蔽体、

已惨遭践踏、处境可怜的和平女神，
不能在世上最美的花园里——
在法国的沃野上——重展她的容颜？
她滋养知识文化，
给予丰富的物产，
哺育子孙后代，
是我们的护佑之神。
唉，她被逐出法国之外太久太久，
庄稼遍野无人收，
烂在地里自作肥。
提神悦人的葡萄，
无人经管而枯死；[1]
过去修剪整齐的树篱而今枝丫横生，
乱如囚徒的须发；
未耕地上蒿莱深，
耕地的犁刀却锈斑斑。平坦的草地，
从前长满野樱草、地榆和绿三叶草，
久无人挥镰致荒芜，怠惰养育荒草。
可恨的酸模草、粗硬的蓟草、空茎的毒芹、
牛蒡的刺果，杂芜易滋，逞茂密之势，
夺去了草地昔日之美之富；就这样，
我们的葡萄园、良田、牧场、树篱，
全都无所用场，变成一片荒野之地。
千家万户，我们自己和我们的孩子，
荒废了知识和学业，举国无教养，

---

1 因葡萄用以酿酒供人饮，故作此语。

　　　　　　　人人皆野蛮，个个如卒如兵，
　　　　　　　唯念刀枪血腥，
　　　　　　　口出恶言，形容狰狞，衣冠不整，
　　　　　　　完全丧失为人的天性。你们今日之聚，
　　　　　　　是为重修旧好，我请求你们告诉我：
　　　　　　　和平的阻碍为何，温良的和平女神，
　　　　　　　为什么不能驱散阴霾，让阳光再现？
亨利五世　　　勃艮第公爵，
　　　　　　　如果你们欲求和平，
　　　　　　　因如你所述，无和平则弊端丛生，
　　　　　　　你们须完全接受我们的公正要求，
　　　　　　　以此换取和平。这些条件的内容，
　　　　　　　我们的文书扼要载明，交你手中。
勃艮第　　　　王上已闻文书所言，
　　　　　　　但尚未予赐复。
亨利五世　　　所以，你敦促的和平，
　　　　　　　取决于你王的答复。
法王　　　　　我仅粗略看过所呈条文。
　　　　　　　请陛下即指定几位大臣，
　　　　　　　同我们一起，
　　　　　　　再仔细斟酌，
　　　　　　　我们会从速，
　　　　　　　做最后决断。
亨利五世　　　王兄，我们即办。——去吧，
　　　　　　　埃克塞特王叔、克拉伦斯王弟，
　　　　　　　还有格洛斯特王弟、沃里克、
　　　　　　　亨廷登，同王上一起去吧。

　　　　　　你们有权同意、增补、更改而定夺，

　　　　　　以利国之尊严，我们的要求，

　　　　　　或增或减，以此为原则归依，

　　　　　　而后经我同意。——（对王后伊莎贝尔）美王嫂，

　　　　　　你跟大臣同去抑或同我们留在此处？

王后伊莎贝尔　尊敬的王兄，我跟他们一起去吧。

　　　　　　或许女人的声音，

　　　　　　可化解一些争执。

亨利五世　　把凯瑟琳王妹留在我们身边吧，

　　　　　　她可是我们提出的首要条款，

　　　　　　包括在我们的条约的第一项。

王后伊莎贝尔　我完全允许啦。

　　　　　　　　　　　众人下。亨利五世、凯瑟琳与艾丽丝留场

亨利五世　　美艳的凯瑟琳，绝世美人，

　　　　　　您愿赐教一个兵士如何说话，

　　　　　　以便声声悦耳，小姐爱听，

　　　　　　他的求爱才能打动她的芳心？

凯瑟琳　　陛下要笑话我的，我不会讲你们的英格兰的话。

亨利五世　　啊，美丽的凯瑟琳，如果您用您那颗法国的心深深地爱

　　　　　　我的话，我愿高兴地听您说磕磕巴巴的英语吐露真情。

　　　　　　您喜欢我吗，凯蒂？

凯瑟琳　　对不起，我不懂"像我"是什么意思？ [1]

亨利五世　　天使就像您，凯蒂，您就像天使。

凯瑟琳　　（对艾丽丝）他说的什么？他说我像天使吗？

1　此处凯瑟琳把 you like me 理解为"您像我"。另，整段对话中，凯瑟琳都是法文英文夹
　　杂。——译者附注

艾丽丝	对，真的，公主，他是这样说的。
亨利五世	我是这样说的，亲爱的凯瑟琳，我再说一遍也不会脸红。
凯瑟琳	啊，上帝呀！男人都是满嘴谎言。
亨利五世	（对艾丽丝）她说什么，美人？她说男人都是满嘴谎言吗？
艾丽丝	是的，她说男人满嘴谎言，公主就是这么说的。
亨利五世	公主比英国女人还精明哩。说实话，凯蒂，我求爱的话正适合您听懂。我高兴的是您只会这一点点英语，不然的话您会发现我这个国王说话率直、不善辞令，以至于您会以为我这个王位是我卖了农场换来的。我不会谈情说爱那一套娓娓动听的絮语，我只会直截了当地说："我爱您。"如果您要追问我："您这是真心话吗？"我就无语啦。回答我吧，真的，您一句话，我俩就握手成交啦。说吧，公主？
凯瑟琳	回禀陛下，我懂得很的。
亨利五世	哎哟，凯蒂，如果您要我为您吟诗或起舞，那您就把我难倒啦。首先我不会诗歌的辞章和韵律；其次，跳舞我不会舞步，力气我倒有一些。如果玩跳背戏或是身穿铠甲飞身上马背能讨到老婆的话，不是吹牛，我还有两下子。另外，如果打拳可以示爱、驱使坐骑跳跃可以讨得青睐的话，我能大打出手，拼一回，或稳坐马背如一只猴子，绝不掉下来。可是，上帝啊，凯蒂，我不会像一个青涩的小情人那样甜言蜜语、海誓山盟。我不会表白爱情的伎俩，我只会老老实实发誓，但非不得已我不发誓，一旦发誓，无论怎么非不得已，我也不会悔誓。凯蒂，如果您能爱上这种秉性的男人，他的脸不怕日晒雨淋[1]，绝不对镜自我陶

---

1 伊丽莎白时代以肤色白皙为美。亨利五世以此表达自谦，说自己的脸虽不美，但日晒雨淋并不会让其变得更丑。

醉，那就让您的眼睛看着办吧。我对您表白如一个直言的兵，如果您为此而爱我，就答应我吧；如果不爱，我会对您说我会死去，这话倒出自真心。可是为了您的爱，凭上帝起誓，我不会去死。然而我依然爱您。亲爱的凯蒂，在您有生之年，接受一个忠贞不渝的人吧，他将永远善待您，因为他没有三心二意、到处求爱的天赋。那些巧舌如簧的花花公子能花言巧语赢得姑娘的芳心，他们也往往花言巧语地变心。哈！能说会道不过是喋喋不休，说的比唱的还好听。好腿会弯，直背会驼，黑须会花白，满头卷发会成秃顶，朱颜将凋谢，美目会失色，而一颗忠贞的心是太阳、是月亮——或者毋宁说是太阳，不是月亮，因为太阳的光辉永远照耀，不弃不离，始终如一。如果您意属这样的人，就选择我吧；选择了我，就选择了一个兵士；选择了一个兵士，就选择了一个国王。对我的求爱，您怎么回答？说话呀，好人儿，我求您好好说说！

凯瑟琳　我可能爱法国的敌人吗？

亨利五世　不，您不可能爱法国的敌人，凯蒂；可是您爱我就是爱法国的朋友啊，因为我是如此地爱法国，以至于我舍不得它的每一个村庄；我要它全部属于我；这样一来，凯蒂，法国是我的，我是您的，那么，法国是您的，您就是我的。

凯瑟琳　我不懂那话是什么。

亨利五世　不懂，凯蒂？那我用法语给您说吧，我敢说我的法语吊在我的舌头上，就像新婚妻子吊在丈夫的脖子上一样很难甩开。（法语）当我拥有了法国，您拥有了我——（英语）我想想看，下面怎么说呢？圣但尼[1]，帮帮忙吧！——

1　圣但尼（Saint Denis）：法国的守护神。

（法语）这样，法国是您的，您是我的。（英语）凯蒂，我征服一个王国比讲这么多法语还容易一些。我要用法语打动您，永远办不到，除非出尽洋相。[1]

凯瑟琳　　陛下，您的法语讲得比我英语讲得好。

亨利五世　不，真的，不是这样，凯蒂。可是，您讲我的话，我讲您的话，都最真诚而最词不达意，必须承认，两个都差不多。可是，凯蒂，这点英语您懂吧：您爱我吗？

凯瑟琳　　我说不出来。

亨利五世　那您的好友中哪个能说出来吗？我去问问他们吧。嗨，我知道您是爱我的。一到晚上回到您的房间，您就会向这位宫女打听我；我知道，凯蒂，您会在她面前贬低我身上那些您衷心喜欢的地方；可是，好凯蒂，取笑我时留点情吧，温柔的公主，因为我爱您爱得极狠。如果您终于嫁给了我——凯蒂，我内心有这个信念告诉我您必将非我不嫁——我凭真本事才得到您，所以您必须证明您是养育军人的良母。我和您，有圣但尼和圣乔治的保佑，难道不能共同造出一个男孩，一半法国血统，一半英格兰血统，将来杀向君士坦丁堡去扯土耳其人的胡子吗？我们难道不行吗？您说话呀，我美丽的百合花[2]？

凯瑟琳　　我不懂那个。

亨利五世　懂不懂以后再说，现在只需要答应，答应就行，凯蒂，您为这个男孩的法国那部分而全力以赴，而英格兰那一半就看我的啦，一个国王兼单身汉一言九鼎。您的答复是什么，（法语）人间绝美的凯瑟琳，我的至亲至爱的圣

1　此段中的语言说明为译者所加，以表现原文语言的转换。——译者附注
2　百合花（Flower-de-luce）为法国王室纹章的图案。

洁女神啊？

凯瑟琳　（英语、法语混说）陛下说的法国话真不像话，可以骗最聪明的法国女人。

亨利五世　嗨，我那不中用的法国话见鬼去吧！我用地道的英语给您说，凭我的荣誉担保，我爱您，凯蒂；我不敢凭我的荣誉发誓说您爱我，然而我的感情奉承我说您爱我，尽管我的长相不温柔，乏善可陈。唉，这要怪我那老父的勃勃野心！生我的时候，他正一门心思地想打内战[1]，所以我生就一脸凶相，硬邦邦像一块铁，向姑娘求爱时，把她们全吓跑了。可是，说实话，凯蒂，我年纪越大，我的样子会越中看。令我慰藉的是，摧人容颜的岁月拿我这张脸无可奈何。您要了我，如果您要了我的话，您就接受了我最差的一面；您与我不离身，越不离身就越合身。所以，最美的凯瑟琳，告诉我您要我吗？抛开少女的羞涩，以女王的姿态宣示您的心声，拉起我的手，说："英格兰的哈利，我是您的人！"您这句话一出口，我立即大声地告诉您："英格兰是您的，爱尔兰是您的，法国是您的，亨利·普朗塔热内是您的。"[2]他这个人[3]，当着他的面我也要说，即使不是国王中最好的国王，您也会发现他是好人中的王。好啦，用磕磕巴巴的音乐之声回答我吧；您的声音是音乐，您的英语磕磕巴巴，所以至尊女王凯瑟琳，用磕巴的英语对我道破真情吧：您要我吗？

凯瑟琳　那要父王愿意才行。

1　指废黜理查二世一事。
2　普朗塔热内（Plantagenet）是亨利五世王朝的名号，亦译"金雀花"。
3　此处亨利五世用于指称他自己。

亨利五世	他会愿意的，凯蒂；他肯定愿意，凯蒂。
凯瑟琳	那么我就同意。
亨利五世	既然这样，我就吻您的手，称您为我的王后。
	（欲吻她的手）
凯瑟琳	不行，陛下，不行，不行；真的，我不希望您降低您高贵的身份来吻一个小姑娘的手；对不起，威严的君主。
亨利五世	那么我就吻您的嘴唇吧，凯蒂。
凯瑟琳	法国的习俗是结婚前姑娘不能让人家吻。
亨利五世	我的翻译夫人，她说的啥啊？
艾丽丝	她说的是，在法国没有这样的习惯，姑娘在结婚前让人——我不知道英语怎么说"亲吻"。
亨利五世	亲嘴！
艾丽丝	陛下比我还懂。
亨利五世	在法国，没有姑娘结婚之前亲嘴的习俗，她说的是不是这个意思？
艾丽丝	就这个意思。
亨利五世	啊，凯蒂，琐碎的习俗在伟大的君王面前要让道。亲爱的凯蒂，您和我不能被一国习俗的柔弱之绳索所制约。我们就是习俗的制定者，凯蒂。我们因自己的地位所享有的自由就可堵住吹毛求疵者的嘴，正如我现在就要堵住您的嘴，因为遵守贵国的习俗就剥夺了我的吻；所以，乖乖的，听我的。您的嘴唇有魔力，啊，凯蒂。（吻她）芳唇一吻甜如蜜，胜过法国枢密院的众舌滔滔；比君王联名的吁书更能说服英格兰的哈利王。您的父亲来啦。

法国王室，即国王、王后、勃艮第，及英格兰众大臣上

勃艮第	上帝保佑陛下！王兄，你在教公主讲英语吗？
亨利五世	仁兄，我要她学这句话：我是多么地爱她，这是好英语啊。

勃艮第	她学得慢？
亨利五世	我们的语言粗鄙，老兄，我的性格不温柔，说不来甜言蜜语，也不会讨好奉承，召唤不起她的爱神来现真身。
勃艮第	恕我乘兴直言回答你。如果你要唤起她的爱情，你必须画一个圈儿；如果要在她身上唤起真正的爱情，他必须又赤裸又盲目[1]。她还是一个满面处女绯红的姑娘，她不愿以赤裸之身眼睁睁地面对一个赤裸盲目的男孩，这能怪她吗？陛下，这太难为她啦。
亨利五世	爱情本来就是盲目而强制的，他们把两眼一闭，顺水推舟就完了。
勃艮第	那就不能责怪他们了，因为他们并没有看见自己在干什么。
亨利五世	那么，我的好公爵，教你的堂妹把眼睛闭起来吧。
勃艮第	我会眨眼睛叫她同意，陛下，如果你先教她明白我的用意，因为姑娘一到暖烘烘的夏季就骚动起来，就像圣巴多罗买节的苍蝇[2]，有眼也瞎撞，平时受不了被多看一眼，现在却任人摆弄。
亨利五世	你这番话令我受益匪浅，我得抓紧时机，趁这个火热的夏天，把这只苍蝇，你的堂妹，抓在手里，就在夏末，所以她也必须盲目无所见才行。
勃艮第	爱情就是如此，陛下，事前是盲目的。
亨利五世	就是如此啊。你们中间有人要为我的盲目感谢爱神，因为我为了一个漂亮的法国姑娘而无视法国的许多漂亮城市。
法王	对，王兄，你用另一种眼光看，城市就变成了姑娘，因为它们的城墙是从未被战争攻破的处女墙。

1 罗马神话中，爱神丘比特（Cupid）被描绘成赤裸而盲目的形象。
2 圣巴多罗买节（Bartholomew-tide）在8月24日，为纪念耶稣的十二门徒之一巴多罗买而设。此季节的苍蝇因天气炎热而懒洋洋的，容易被捉住。

亨利五世	凯蒂能为我之妻吗？
法王	谨遵你的意愿。
亨利五世	只要你所谈到的那些处女城镇随她为陪嫁，只要原来是我实现心愿的障碍的这个姑娘将把我引上实现心愿之路，我就满意啦。
法王	所有合理的条件我们都同意了。
亨利五世	是如此吗，英格兰的大臣们？
威斯特摩兰	法国国王同意了每一项条款。 首先是他的女儿，其次各条件， 完全按照我们的提议严格接受。
埃克塞特	只有这一点他还没有同意，即陛下所要求的，每逢法王颁诏书敕封土地或头衔之时，应以这样的称谓和身份提及陛下，在法文即是"我的至亲至爱的亨利女婿，英格兰的国王，法国的王位继承人"；在拉丁文即是"我的亲密之至的女婿亨利，英格兰之国君，法国之王位继承人"。
法王	这一点我并未否决，兄弟， 你的要求我会酌情予准的。
亨利五世	我请求你以友爱和姻情为重， 将这一条款与余者一视同仁， 据此你的女儿正式嫁我为妻。
法王	娶她吧，好女婿， 从她的血脉里， 为我生育子嗣， 法兰西和英格兰， 两国争雄，相互仇妒，海岸愁眉， 从此消弭愤恨，以此温情的联姻，

	在心中种下和睦与友善基督之爱， 流血的战剑绝不在两国之间挥舞。
众贵族	阿门！
亨利五世	啊，欢迎您，凯蒂！各位目睹此刻， （吻她）作为我的王后，我吻她了。

喇叭奏花腔

王后伊莎贝尔	上帝啊，你是天下婚姻最好的月老， 合你们的心为一， 合你们的国为一！ 作为夫妻，为爱而两人联为一体， 你们两国之间既有如此美满的姻缘， 常破坏美好婚姻的恶行和歹毒妒情， 将永不离间两国的关系而毁约背信， 英格兰人和法兰西人 从此不分彼此相待。 上帝啊，你对此说阿门吧！
众人	阿门！
亨利五世	我们即着手为我们的婚礼作准备， 到那天，勃艮第公爵和全体公卿， 我们将接受你们祝誓我们联姻久长， 我要向凯蒂宣誓，您要对我宣誓， 愿我们的誓言永存无损长葆常新！ 仪仗号。众人下

收场白

致辞者上

致辞者　　　　虽无生花妙笔，故事已演绎至此，

窄小的空间束缚伟人施展，

不得已把辉煌的历史删减。

英格兰的这颗巨星年寿虽短，[1]

却在短暂中彪炳汗青史章。

命运铸就他的征服之利剑，

凭此赢得人间最美的花园[2]，

后来传与王太子锦绣河山。

亨利六世在襁褓中即登位，

君临法兰西和英格兰为王，

无奈众臣争揽朝政必生乱，

丢了法兰西，血染英格兰，

这段历史常见于戏文[3]之中，

为此愿本戏也受诸君青睐。　　　　　　　　下

1　亨利五世死时年仅 35 岁，在位 9 年。

2　指法国。

3　指莎士比亚早期所作《亨利六世》(*Henry the Sixth*) 三联剧，当时很受观众喜爱。